JN065706

ＡＬＳ十五年の介護日誌

荒木正嗣

東京図書出版

「花と野菜作りそして笑顔は
こころのなかにいつまでも……」

まえがき

十五年間の介護は今も悦子がベッドに横たわっている錯覚に陥る。支援者に、「妻の存在そのものが自分の生きがいである」と常々言ってきたが葬儀を済ませた翌日からは誰一人来なくなり、遺影のそばでぼんやり庭を眺める日々が続いた。

介護で深夜二時ごろ目覚める習慣は今もなお続いている。独り身となり生活に不安だらけである。

悦子の遺品整理など、目の前に片付けが残っているも意欲がない。部屋には介護アルバムや日誌をはじめ、書棚の看護記録など山ほど積まれている。

これらの記録は妻のいない今では意味を失うのか、訪問看護やヘルパーが入れ替わり見え、あるときは訪問診療の際に医学生が、保健所の保健師訪問では看護実習生が来られたことなど走馬灯のように駆け巡る。

記録の随所に「悦子さんから多くを学び、看護に助けられた」とある。また、妻の看護を切っ掛けに研修会に参加したことなど、記録をこのまま眠らせたくない。

平穏な余生を楽しみにしていた生活が難病罹患によって暗転したこと。口腔乾燥症状から体力の消耗が続き、いくつかの病院でも原因の特定が出来なかった。ＡＬＳ認定後の人工呼吸器装着の葛藤、もう一度「家に帰ろうよ」の呼びかけにうなずく。

妻の意思より今までのように、私の言うことに従っただけである。人工呼吸器装着はことばを失い、胃ろう造設で本人や介護の負担は大きいが、「生きる素晴らしさ」は本人のみならず家族や多くの人に喜びを分かち合えると信じている。

これからＡＬＳと共に生きていかなくてはならない患者・家族、そして医療・看護・介護関係者に読んでいただき、少しでも参考になればと思っています。

ＡＬＳ十五年の介護日誌◇目次

まえがき …… 1

Ⅰ 穏やかな日々 …… 7
シリコンバレーの見学
花と野菜作り
離れの新築と庭造り
定年退職と孫三人の成長

Ⅱ ＡＬＳ発症まで …… 16
病気の前ぶれ
食欲なく異状見つからず
暮れの緊急入院
ＡＬＳ認定までの症状と病院歴

Ⅲ もう一度家に帰ろうよ …… 24
西別府病院へ転院
北一病棟

妻に笑顔がもどる
胃ろう造設手術

IV　在宅療養に向けて……32
重症難病患者医療専門員と保健所
「はるかぜ医院」の訪問看護師と介護者研修
キャンナスの存在
介護環境と看護記録及び伝言ノート

V　やすらぎのひととき……54
在宅療養の始まり
音楽療法
来客
記念日

VI　緊張としくじり……85
人工呼吸器のトラブル
失敗と反省

Ⅶ　コミュニケーションと病状……103
思考・感情・記憶力
コミュニケーション方法
病状の記録
皮膚科と耳鼻科の診療
Ⅷ　介護の諸問題……146
介護者の体調と稼業
介護と生計
介護と地域社会
コロナの影響
Ⅸ　「ありがとう」葬儀と心労……187
闘ったが静かに眠る
心こもった質素な葬儀
あとがき……209

Ⅰ　穏やかな日々

シリコンバレーの見学

大学院で経済立地論を専攻してシリコンバレーに関心を寄せる。ウィリアム・ヒューレットとデビッド・パッカードの二人はスタンフォード大学で学び、教授から研究施設を使っても良いとサポートされ、その後一九三九年ヒューレット・パッカード社をガレージで創業します。

一九九二年の旅行目的はシリコンバレーの発祥の地となった、そのガレージとヒューレット・パッカード社の見学だった。当初は自分一人での旅行を考えていたが、出発前にパッカード社の見学の予約がとれず現地で直接交渉するよう伝えられ、業者の助言により文部省関係で高校教師の肩書で視察旅行として妻を同伴することにした。

ただ単なる見学でないことを強調する意味で、当日は訪問の為にリムジンを運転手付きで貸し切り、通訳付きでパッカード社へ出向く。受付で、

「日本語の案内が出来ない」

と丁重に断られるが、

「通訳を連れているから大丈夫です」

そして先ほどパッカード社創業の「ガレージ」に立ち寄ってきたことも伝え熱意で了承を得る。

今では当たり前になっているが入室はカードを渡され読み取りでドアが開く。丁度昼休みらしく中庭では社員がバーベキューを作っている。我が国では考えられない光景である。創業以来「家族的雰囲気を大事にしている」社風らしい。産業機密で多くを見学することは出来なかったが、コンピュータを前に情報のやり取りを説明してくれる。

悦子はコンピュータに疎く、合衆国まで行って「車庫」を見るなんてと乗り気でなかった。しかし、スタンフォード大学のキャンパスの広大さには驚いていた。書籍店は言うに及ばずキャンパス内のデパート、青果店そして消防署、まるで一つのタウンである。シリコンバレーの基礎を築いた大学で一帯が果樹園だったとは想像できない。

大学キャンパスでハーバート・フーヴァーの掲示を見る。スタンフォード大学で学び合衆国第三十一代大統領となった人である。私が何よりも注目したのはアリゾナとネバダの州境のコロラド川の峡谷にあるダムが「ハーバート・フーヴァー」に由来することだった。

ルーズベルト大統領のニューディール政策の一環として建設された話もあるが、砂漠の中にダムを造り灌漑農業を生み、発電された電力はカリフォルニア州、アリゾナ州、そしてラスベガスなどに供給されている。畑の中に大学を作り、砂漠にダムを造る発想は正にフロンティアスピリットである。あとで、ラスベガスにも行き空路コロラド川とミード湖を見ることが出来て感動する。妻に配慮してロサンゼルスに宿泊する。

悦子の楽しみはディズニーランドである。入園に際して案内人のユーモアに喝采、駆け寄り握手を求めた光景はまぶたに焼き付いている。また、園内で可愛い男の子を見付けて母親の同意を得て写真を撮る。そこまでする人いるのと思った。悦子と出かけた唯一の海外旅行である。

花と野菜作り

かねて、悦子は働きに行きたいと言っていたが私は聞き入れず、両親を看て自家菜園に勤しんでいた。やり始めたら徹底する性格で野菜の種類も多く、道の駅に出荷するようになる。

漬物や果樹の瓶詰めも多く作っていた。生前の母は食事の終わりにご飯を残し、悦子の取り出す漬物を待って食べていた。

「悦ちゃんは農業などした事がないのによく出来るね」

と妹の百子さんがよく言う。

結婚した当初は母が農業を仕切っていた。正義感強く厳しい性格で、

「悦子さん大変ね」

と口にする方もいた。事実、自分が勤務を終え帰宅すると姿がないことが二度ほどあった。鹿児島の実家に帰っていたのだ。

母が八十歳前で体力がなくなるにつれ、野菜作りは悦子が主流となる。そのころ地区の圃場整備が計画され、屋敷近くの水田と土地交換が実現する。家の南側と道路を挟んだ東側に三百坪ほど移すことが実現した。東側は野菜畑、家の南側は宅地とする考えでいた。宅地申請に時間がかかり、その間ビニールハウスを建て野菜を作ることにする。遠くの野菜畑から一挙に近くて広くなり野菜の種類も増える。

記録に残るものだけでも二十種を下らない。中でも、一九九二年のメロン、二〇〇六年の桜島大根は誇れる収穫だった。母の同級生が我が家に来られたことが切っ掛けで、同級生亡きあと、長女に野菜を贈りその礼状が保存され、また従妹や知人宛てに桜島大根の送り状の控えも残されている。

母を亡くした父はその後、泌尿器の疾患で入院治療する。自分は単身赴任中、気性の強い父であったが、療養では悦子に従順だったようだ。

花が好きで屋敷の空間に四季の花を植え、ことに一九九四年の菊作りは三百鉢ほど仕立て、近所の保育園児が見学に来たほどだった。父を菊栽培のハウスで、また玄関に飾った蘭の前で写真を撮った姿が見られる。晩年の入院中は三度の食事介助に行き夫の留守中、父を看てくれたことに感謝したい。

私は野菜栽培にあまり関心はないが、花が好きで妻と協力して東側の一部に花菖蒲を植えた。休日に二人で別府の神楽女湖、杵築、安心院、豊前の豊津花菖蒲公園などを見学して種類を増やしてきた。

しかし、東側の野菜畑の一部は花菖蒲にとっては水不足で、休耕地の六アールの湿田に移す。二人で種類ごとに列を作って植え込み菖蒲園らしくなる。栽培管理はあまり手をとらない。鶏糞を入れて浅く耕し雑草が生えるのを抑える程度である。

離れの新築と庭造り

退職後の静かな生活を夢見て敷地内に別宅を計画する。敷地の関係で母屋の風呂が狭かったのも計画を早めた一因でもある。

子育てがやっと終わり手持ちの資金などある筈がない。お金に関して「なければ借りれば」と深刻に考えていない。呼んでもないのに銀行員が融資の話を持って来る。共済資金の方が有利と考えたが面倒なので行員の話に乗る。これが後々苦労することになった。

別宅造りには二つの目標があった。先ず、庭の見える広々とした風呂を造る。ガラス張りの四畳半で家庭用サウナも設置する。

次に、ピアノが置ける部屋である。退職後はピアノの音を聴きながらのんびり過ごそう。県立芸術文化短期大学附属緑丘高校の二年間勤務の経験からの念願だった。早朝の出勤時、音楽科生徒のピアノ練習音が流れ清々しい気分で一日を過ごした。

自分はピアノを弾けないが、当時久米宏の『ニュースステーション』で遠隔自動演奏の場面を見て意を強くする。夢は膨らみパンフレットを求め、重量に耐えうる床、もちろん防音装置も考慮して部屋造りを依頼した。

十八畳の部屋が完成したが、家のローン返済がありピアノ購入は先送り、他の調度品は揃えたがテレビを見る程度であまり利用していなかった。

庭造りは旧来の知人に設計から全てをお任せした。石は自分の山から運び、購入したのは数本の木だけで、新たな庭造りとしては格段に安上がりで出来上がった。

悦子は木の根元に日陰に合いそうな山草を植え、石の横には斑入りのツワブキを配置して楽しんだ。完成した庭よりも自分たちで造ることが嬉しい。

定年退職と孫三人の成長

教職を志すのが遅く採用年齢上限の二十九歳で公立高校教諭に採用され、三十二年勤続で定年退職する。家族に感謝の意味で、二泊三日の東京ディズニーランド旅行と希望する記念品をプレゼントすることにした。さすがに孫二人は喜んだが、三番目の孫は悦子とホテルで子守りをする。人込みより静かな部屋の方がゆっくり出来た。

また、記念品として悦子は小型の椎茸乾燥機を希望して車庫に設置する。椎茸だけでなく切干大根の乾燥にも利用していた。

退職後は悦子とのんびり過ごそうと考えていたが、離れの新築ローンが残っており返済に数年はかかる。退職金を充てれば楽しみもなく急な支出にも支障がある。

しかし、顧みれば両親逝去後少しは命の洗濯に出かけることが出来たと思っている。悦子の念願だった北海道旅行は実現しなかったが、雲仙・普賢岳、曹洞宗の大本山「永平寺」、京都紅葉めぐり、日本三景の松島、岩手の中尊寺、十和田湖奥入瀬渓流で紅葉とせせらぎを二人でしばらく散策した思い出は忘れられない。

長男が結婚して翌年、初孫が誕生する。自分は単身赴任、自宅では悦子が病後の父を看ている。我が家では母の姉妹五人は全員女性だったが、あとは女の子に恵まれていない。自分には妹が三人いたが、ともに五歳で肺炎や伝染病で亡くなり一人っ子で育った。結婚後、女の子を望んだが叶わなかった。孫三人生まれるも三代にわたって男の子である。

しかし、長男誕生は一家の喜びで何事にも代えがたい。早々に五月の節句準備を始めた。鯉のぼりの支柱は悦子と植林した檜が丁度良い大きさになっている。

思えば、悦子が四十代のころからほぼ十年間、毎年三千本以上を植林してきた。草刈時季は日差しも高く、悦子は午後四時頃一人で、自分は勤務を終えて山に行き草刈に加わる。作業を終えて、うす暗い道を探りながら山を下り家路に就いたことは忘れられない。

鯉のぼりの支柱は嫁の実家の父親と兄が運んでくれる。土台を固定する穴を掘り、悦子と二人で皮をむいたものをクレーンで建ててくれる。屋根を越す大支柱五本が完成する。

皐月晴れに鯉のぼりがなびく姿は雄大で一家の繁栄とほれぼれする。しかし、時を同じくして父親の状態が悪くなって入院する。自分は単身赴任で土日は帰省するが負担は悦子にかかる。留守中に天気が悪くなり近所の方が鯉のぼりを降ろしてくれることもあった。

鯉のぼりと父の入院は世代交代を思わせる出来事と感じる。

父が亡くなり自分が退職する年に三人目の孫が誕生する。嫁の育休が終わるころから、孫たちの保育園送迎も多くなり、悦子は保育園行事など母親代わりで出向いた。長男夫婦は小学校教員で学校行事が孫たちと重なり、入学式など悦子や自分が代理出席することに、三人目の孫はオムツのころから保育園へ連れて行き、いつも悦子のそばにいる。このことは、ＡＬＳ発症後も一つの椅子に二人で座ったり、悦子の寝ている隣に一緒に寝たりの「ばあちゃん子」であった。今では大学生、上の二人は社会人として働いている。

II　ＡＬＳ発症まで

病気の前ぶれ

食事は悦子と二人で台所の折りたたみテーブルでとるのが常だった。二〇〇六年春ごろ妻はあまり食事が進まなくなった。特段どこが悪いと言うことはない、強いてあげれば腰の痛みを訴える程度で畑仕事の疲れだろうと本人が言い私もそう思っていた。

私は公務退職後、私立大学のアドミッションオフィサーを務めていた。福岡と大分県内の高校を訪問して大学のＰＲと入試選考が主な仕事である。毎日畑仕事が中心の悦子は、気分転換に私の高校訪問に同伴することがあった。高校訪問の仕事を終えて、九州自動車道の八女インター近くの店で食事をすることにした。時間的に店内は空いており奥の席についた。回転寿司の中から数皿とって、茶碗蒸しを注文する。悦子は茶碗蒸しを食べるが寿司は一つぐらいで食欲がそそられないようであった。私が勧めても、

「もういい、けど茶碗蒸しが美味しかった」

それじゃ注文したらと言うと、

「恥ずかしい」

などと言っては箸がすすむ気配はなかった。

「客も少ないので構わない」

と私が追加注文して悦子は二杯目に手をつけた。

今思えば口腔乾燥で水分の多い食べ物は口を通るが、他の食事は食べづらくなっていたのであろう。それ以降、口腔乾燥の原因を知るべく別掲のように数々の病院を訪ねた。併せて腰痛の治療に整骨院通いも続ける。

最後の外食となった「そば屋」

口腔乾燥で悦子が食べづらくなり、「そば」なら食べられるかもと家族で出かけることにした。嫁が検索して、となり街の「そば処」に決める。孫たちはうるさく他の客の迷惑になるので、

「外で遊びなさい」

と嫁が外に出す。注文品は運ばれてきたが孫たちの分がない。店主に「そば」が足りないことを伝える。店主は、

「席についたら準備する」

と少し不機嫌さを感じる。孫を店内に呼び寄せ席に座らせた。

「お客には出来立てを食べてもらう」

という店のこだわりなのだろう。

悦子は「そば」を折角だからと少し口にしただけであった。これまで家族でよく食事に出かけたが、これが最後の外食となった。

食欲なく異状見つからず

市内の三愛整骨院で一年以上腰痛の治療を続けるも改善が見られず、院長より専門病院での診察を勧められる。二〇〇七年四月十三日、別府市の厚生連鶴見病院へ腰痛に伴う検査を受けるも異状見当たらず。また、飲み込み障害も顕著で杵築市「いちみや医院耳鼻咽喉科」で受診するが原因不明である。

同年六月四日大分大学医学部附属病院耳鼻咽喉科を受診、口腔乾燥と食欲不振について特段の異状は見当たらない。医師には、

「食欲がないのは自ら生きる力を放棄しているようだ」

など言われ、口調から精神的な疾患らしいニュアンスが感じられた。本人も意に沿わない診断結果である。

かかりつけ医で「はるかぜ医院」の坪井先生からも心療内科の受診を勧められた。他の科と医療連携をすると言われている九州大学病院が良いと考えて心療内科を受診する。期待に反し、心療内科単独の診察で異状は見られないとの診断であった。薬は不要と思われるが、

「遠路大学病院まで来られたので薬を処方しましょう」

と言われ、数日間飲用するも頭痛で様子が悪くなり、坪井先生に相談して即刻中止する。

少しやせて体力も衰え「はるかぜ医院」で毎日点滴治療を始め、新別府病院入院まで続けることになる。その間、口腔乾燥に詳しい専門医がいる熊本大学病院口腔外科を受診する。

月一回の口腔乾燥の原因究明で血液検査、唾液流量・速度検査を続けるも十二月二十日体力衰退で新別府病院へ入院したので、予約していた熊本大学病院には行けなかった。

新別府病院では心房細動、口腔内乾燥症、食欲低下、薬剤性アレルギーの疑いで入院する。心臓カテーテル検査等するも異状見当たらず。体力の消耗は著しい。二十七日、年末で救急病院を理由に微熱があるも退院を勧められる。

精神病院への紹介状

退院に際して別府市内の精神病院への紹介状を渡され診察を勧められる。帰路途中に診察を考え、悦子に話すと、

「自分は違うので行かない」

と、かたくなに拒否した。検査結果も目立った異状がみられないので、あとは精神的な問題かと自分も迷ったが、悦子に従い紹介された病院へ寄らず帰宅した。

一番の心配事は食事がとれず、体力の衰退であった。妻にしつこく食事を勧めるもあまり手を付けない。ときに、いらだち声を荒げる事もあった。

思えば、精神病院に診察入院していれば、人工呼吸器を装着する事もなかったと思う。現代医学は病原が判明すれば治療方法もあり多くを克服してきた。妻の場合、熊本大学病院の二回目の口腔乾燥検査に行けなかったのが悔やまれる。いずれにせよ、ＡＬＳと診断されたのは一カ月後であった。

暮れの緊急入院

退院後も微熱が続き再三の投薬でも改善がない。同年の十二月三十日、新別府病院へ再

入院のつもりでかかりつけ医が付き添って行くも、年末で症状の軽い入院患者は退院を迫られる状況の中であった。坪井先生が手書き文書で病状を訴えるも聞き入れる雰囲気にかったが、レントゲン検査の結果気管支炎、嚥下性肺炎、呼吸不全、意識障害症状などにより入院を許可される。

病院で悦子と正月を迎え、改善は見られず血液検査も原因不明が続く。血液の炭酸ガス濃度が高まり胸の苦しさを訴え、本人の口から、

「楽になりたい」

の言葉が出る。食事もほとんどとらず度々の血液採取で妻の体力の限界を感じた。付き添う私の疲れも限界に近い。家族も察して長男と福岡の次男が付き添いを交替してくれ、自宅の風呂に久しぶりに入れて布団に就いた。

入院が二週間ほど経過するも呼吸器科主治医も病名が判らず首をかしげる。そのような中で一月十一日の夕方、主治医が舌の動きに、

「疑問を感じる」

と神経内科医に診察を依頼して病室に見える。正確な検査をしないと何とも言えないが、

「筋萎縮性側索硬化症（ＡＬＳ）の疑いがある」

との診断がされた。

ＡＬＳの病名も知らず戸惑う。別室に呼ばれて主治医から、「十万人に一～二人の難病である。予後二年」の説明を受けた。悦子とは残り二年の月日かと谷底に突き飛ばされた気持ちになる。病室で妻にかける言葉が見つからない。数日後、新別府病院は救急病院なので専門病院の西別府病院へ転院を勧められる事となった。

ＡＬＳ認定までの症状と病院歴

二〇〇六年八月～　三愛整骨院で週一回治療
二〇〇七年四月　十三日　厚生連鶴見病院　腰痛に伴う検査異状なし
五月　七日　いちみや医院耳鼻咽喉科　飲み込み障害原因不明
六月　四日　大分大学医学部附属病院耳鼻咽喉科　口腔乾燥、食欲不振不明
六月　七日　同　右　同　右
九月　五日　九州大学病院心療内科　血液・ＣＴ検査異状なし
十月　末日　はるかぜ医院　食欲不振でほとんど毎日点滴
（新別府病院入院まで）

十月三十一日　熊本大学病院口腔外科　　血液・唾液量少・口腔乾燥
十一月　七日　同右　唾液流量と速度検査（十二月二十六日診察予約も中止）
十二月　二十日　新別府病院循環器科入院（～二十七日）
　　　　　　　心房細動・口腔乾燥・食欲低下・薬剤性アレルギーの疑い
　　　三十日　同右再入院　気管支炎・嚥下性肺炎・呼吸不全・意識障害
二〇〇八年一月二十一日　西別府病院へ転院　　筋萎縮性側索硬化症（ＡＬＳ）

Ⅲ　もう一度家に帰ろうよ

西別府病院へ転院

神経内科の先生より「筋萎縮性側索硬化症（ＡＬＳ）」に間違いないと診断を受けて、主治医より専門医への転院を勧められる。翌日にも転院と思ったが西別府病院の病室が空くのを待つ。悦子の体力は衰弱して病状は日に日に悪化しているように思われる。

転院が決まったのは数日後の二〇〇八年一月二十一日だった。当日は悦子の担当看護師と長男も付き添い病院の車で出発する。入院先は近くの距離にあるが、あいにく道路工事中で片側交互通行、病院の車は救急車と異なり赤色灯など備えた優先車両でない。

悦子の状態は決して良くはない、到着までの時間が長く感じる。玄関先では医師・看護師が待ちかまえ手際よく対応して個室に入って安堵する。入院手続きを済ませる間にも、看護師は悦子の血圧測定などの検査・手当てを続けている。

しかし午後急変、病室から出るように言われ医師・看護師が慌ただしく対応している。

主治医より命の危険があるので緊急に呼吸器を取り付ける説明があった。自分の身の置き場がない。悦子の姉妹に電話するも、何を喋ったか記憶にない。ただ、おろおろするばかりであった。

処置が終わり、本人が無意識に呼吸器を外すことがないよう付き添いの注意がある。一昼夜長男と交替で妻の手をそっと持ち続けた。手を緩めると不意に動く、麻酔がきいているが苦しさが見て取れる。翌日は手を紐でゆるくベッドに括り、少しは安定状態になった。

ＡＬＳは筋力を動かす神経すなわち運動ニューロンが障害を受け筋肉がやせていく病気で、妻の場合は呼吸筋が急速に弱まったようだ。勿論ＡＬＳ検査などする時間などなく緊急事態で人工呼吸器を装着する。あとで気管切開をして装着するかの選択を迫られることになる。

医師より装着には「本人の同意」が必要である旨の説明を受ける。新別府病院で、

「楽になりたい」

と訴えていたほどで、気管切開は望まないだろう。病室で医師立ち会いのもと説得するも、うなずかない。しばらくして、

「お母さんもう一度家に帰ろうよ」

と投げかけたら、うなずいた。すかさず主治医に、

「気管切開手術をお願いします」

と言う。

先生もうなずき手術の予定を組んだ。悦子は決して晴れやかな表情ではなかった。思えば、今までのように私の言うことに従っただけのように思う。

気管切開をすると「言葉を失う」だけでなく、食事は「とろみ」をつけて慎重に食べないと誤嚥性肺炎の引き金になる。口だけの摂取では限度があり、胃ろう造設は欠かせない。

また、二十四時間監視の吸引がある。患者の七割が家族や介護に負担をかけるので希望しない大きな理由である。今は悦子の存在そのものが「生きがい」である。妻に分かってもらいたいが、元気な時に口論や自分勝手なことをしてきたのに通じるはずがない。

「家に帰る」ことを受け入れた悦子は、二月一日、手術を前に筆談で、

「今まで無駄にならぬよう頑張るね。茂・お父さん協力ありがとう」

と午後二時手術室に入る。

北一病棟

西別府病院は県立石垣原養護学校（現県立別府支援学校石垣原校）と廊下で接する。筋

ジストロフィーで車椅子に乗った児童とも度々すれ違う。ロビーには子どもから大人までスケッチや様々な作品が掲示され障害を越え力強く生きているのが伝わってくる。

入院先の北一病棟はＡＬＳ患者専用病棟らしく、入口はすりガラスの自動ドアで他の病棟とは異なる。スタッフステーションの正面に重症患者用の個室、隣は四人部屋で人工呼吸器装着患者、そして症状に応じて病室が配置され呼吸器を装着していない患者もいる。

悦子は呼吸器を装着してから二週間程度で個室からステーション近くの四人部屋に入る。環境の変化からか若干不整脈気味で心拍数は上がったが翌日は落ち着いた。

三人の患者の呼吸器の音は一般の病室とは違和感がある。今の呼吸器とは異なり箱型で大きい呼吸音が響き渡る。悦子も同型の呼吸器を配置され手慣れた看護師によってベッドに落ち着く。時間ごと看護師が吸引に来る。呼吸器を付けている患者は動けないので、ほとんどの患者は朝八時から夕方まで家族が交替で付き添っている。

オムツ交換時には廊下に出され、付き添い家族の情報交換の時間となる。ＡＬＳに至るまでの経過、呼吸器を付ける葛藤、病院までの遠近、家族のこと等さまざまだった。

数日後、師長が悦子の呼吸器を交換すると言ってきた。同時に呼吸器センターの職員と臨床検査技師と思われる人が接続作業を始める。なんと固定された箱型と違い、移動式の台座の付いたコンパクトな呼吸器だ。かつて、呼吸器装着は最初に付けた機械を最後まで

使うと聞いたことがある。あとで師長から、
「家に帰る予定なので変更した」
と聞いた。病院内を見て回ったが、コンパクトな呼吸器は悦子だけだった。新しい呼吸器が輸入されて間もないのだろう、なんと幸運なことだ。

ことばを失い筆談のはじめ

気管切開では二つの機能を失う。これまでのように普通に食事を味わって摂れなくなること、何よりもことばを失うことである。元気なときに自分の声を録音して、ことばを再声する方法の本を読んだことがあるが、悦子の病気の進行にはそんな時間的余裕はない。

幸いにも悦子は呼吸筋力不全であったが、他の部分は支障なく手の動きなども良い。ナースコールなども指で押せるので夜間も家族が付き添っていなくても心配ない。他の機能もオムツ交換の時には腰を浮かすなどして看護師が助かるとよく言っていた。

最初はメモ用紙で筆談をしていたが、長男が筆談用具を求めてから悦子の必需品となった。筆談用具の書き込み・消去は素早かった。しかし、筆談には限度がある。私が昼の栄養の時に部屋に戻ると、栄養を落とす速度が速いことに気付き悦子に聞いた。涙を浮かべて、悦子は答えた。妻の要望に対して看護師とトラブルがあったようだ。

「ＡＬＳ患者にかかる国の経費は月額百万を超える。少しは自粛我慢しなさい」

と言われ、食い違いのようだ。自分はこの病気を選んだわけではないと筆記で反論したらしい。

あとで、師長より看護師に注意をして悦子に不快な思いをさせた詫びがあった。このことも普通に話が出来ればトラブルになることはない。

「〇〇なので〇〇をお願いします」

と簡単に通じるのである。如何に筆談のコミュニケーションが難しいかを示す出来事であった。

妻に笑顔がもどる

四人部屋に移ってしばらくして食事の許可が出たので師長から、

「とろみのある物で練習しましょう」

と言われ、悦子はヨーグルトが良いと売店で買い求め準備する。看護師さんが見守る中、本人がカップを持って一口、

「おいしい」

と一言、笑顔がもどった一場面であった。皆も顔を見合わせ、

「良かった」

と病室内が明るく和み、小さな拍手をする。食べることがこんなにも幸せを呼ぶのかとその雰囲気に浸る。病院に行く度にしばらくヨーグルトを買う楽しみがあった。


口から食べられても呼吸器を付けているので普通に食べられない。嚥下機能が衰えているので誤嚥を起こしやすく、心配は誤嚥性肺炎の発症である。同室の患者も「とろみ」を付けて食事をとることが多い。しかし、「とろみ」食は普段の味ではない。


付き添っていても本人の食事の喜びよりも、

「栄養のために食べなさい」と言われているようで片付けの時、残したものを記録されている。点滴と少量の食事では摂取カロリーは限度がある。

検査の結果、担当医師から、

「栄養不足でまだ肺に少し水が溜まっているのと心房細動の治療が必要」

との話がある。

胃ろう造設手術

人工呼吸器装着者は誤嚥性肺炎を防ぎ栄養管理の為、経腸栄養剤の投与経路として胃ろう造設が必要になってくる。担当医から経皮内視鏡下手術で本人の負担は少ないが、通常の人より危険度はあるので万全を期して行うと説明を受けお任せする。

手術はあまり時間がかからず出てくる。局所麻酔手術で、本人の目も大きく開いて私を見てくれ喜びがこみ上げた。その後、合併症もなく翌々日より栄養剤の注入が始まり四日目から平常になった。入浴も二週間後から出来るようになり大きな峠を超えた気持ちになる。栄養補給を開始して一カ月ほどで顔色も良くなり体力的に随分改善された。

Ⅳ　在宅療養に向けて

重症難病患者医療専門員と保健所

呼吸器を緊急に装着して二日後のこと、師長が病室に女性の方を連れてきて紹介される。名刺に「大分県重症難病患者医療ネットワーク専門員」と書かれている。こんな混乱しているときに話など聞く気持ちにはなれない。おそらく、師長が手配したのだ。

悦子は、

「専門員の支援を受けるほどの難病なのか」

と自問する。妻の病気は、

「自分が看る」

との自負心が何処となくあった。

その後、専門員はたびたび病室を訪れ、医師や看護師と相談できないことも聞いてくれる。人工呼吸器を付けた後の食事やコミュニケーション等未経験なことを随分教えてくれた。

「呼吸器を付けて家に帰りたい」

との願いを聞いて、専門員は在宅療養移行に最初の難題があると言う。

ＡＬＳ患者を引き受ける医療機関のことである。国東市の我が家は医療の乏しい過疎地で引き受けの医療機関を探すのが難しい。なければ在宅療養は無理であると言う。

彼女に「はるかぜ医院」の存在と、先生が暮れに付き添って新別府病院へ入院した経緯など細かく話した。

「そう、よかった……」

専門員に何か全て解決できそうな雰囲気を感じた。

その後、専門員は「はるかぜ医院」を訪れ地域連携室と調整して受け入れ医院の体制を整えてくれた。はじめは専門員が動いてくれる必要性があまり理解できなかった。

しかし、ＡＬＳ患者の介護は一人で担えるものではない。時の経過とともに、

「多くの支援者のかかわりなくして介護は出来ない」

と認識を改める。

病院のスタッフも在宅療養移行を前提に看護をしていただいた。同室の付き添いの方が
「家が良いね。自分たちも連れて帰りたいが出来ない」

とつぶやかれ、在宅介護の重さや責任を少しずつ感じ始めた。

特定疾患の新規申請と保健所の記録

西別府病院入院三日目に気管切開手術の同意書を提出する。そのあと、難病や医療費など知識のない状況で県東部保健所国東保健部へ相談する。

保健部で特定疾患新規申請書類や重症認定の申請を行うよう指導を受ける。二月一日、気管切開手術のほぼ半月後、保健部に電話で問い合わせ「特定疾患」は保健所に書類を提出した日が始期日と知る。病院では医療費は遡れると認識していたらしい。

問い合わせの二日後に保健部へ特定疾患新規申請書類を提出する。従って、医療費は入院日から二月十九日までは通常の自己負担となる。主治医からも気にされたが、何よりも手術が順調に終わったことが嬉しい。

三月二十八日に特定医療費（指定難病）受給者証が国東保健部で交付され、身体障害者手帳の一級も認定される。

国東保健部には悦子の特定疾患申請から十五年間、支援者の相談や定期的な訪問で延べ十一名の方にお世話になった。担当者が交代して後日その記録を見せて頂いたが、年月日ごと支援会議や妻の病状の詳細な記録が書かれている。かつて公文書の記録が話題になったが、公的機関の文書保存に感嘆する。

専門員と在宅介護者の家を訪問

西別府病院から車で四十分ほどの隣町にある在宅介護者へ専門員と伺う。何か手土産をと専門員に相談、

「何も買っていかなくても」

と言われ自宅に咲いた芍薬を持参する。訪問先は奥さんがALS患者でご主人が介護している。台所とリビングが一緒で庭が見える明るい部屋だ。呼吸器は病院と同型の箱型で比較的大きな音がする。丁度ヘルパーもおられ介助の多くを尋ねる。夜、ご主人は隣の部屋に寝て吸引の時に来るが特に支障はないと話される。

県下で過疎化が進む中、日出町は新しい商業施設や病院に恵まれている。担当医師は近くに居り、いざという時は入院も出来る。毎日訪問看護師やヘルパーが見えるので安心していると話される。しかし、台所とリビングの様子は他の家と違う。介護実態の厳しさが伝わってくる。訪問先と異なる点は妻と同じ部屋で寝られることだ。在宅介護の心の準備が少し生まれる。

介護環境の把握に専門員が来宅

退院後を見据えて自宅環境の把握に難病支援センター専門員・国東保健部保健師・ケアマネージャーの方が来られる。

前述のように田畑を交換して数年後屋敷に加えたので、庭木があっても十台程度は駐車出来て訪問看護師・ヘルパーの来宅で不自由をかけることはない。自宅の離れは防音装置付きの洋間を造っていた。前述のピアノの自動演奏の夢は実現しなかったが、このような部屋を造っていたのは幸いであった。

防音は勿論、吸引に不可欠な温湿度調節の効率も良い。部屋が広く床は頑丈で、自分の寝る移動式ベッドを持ち込んでも余裕がある。介護環境としては申し分ない。また、妻は畑や庭の至る所に花を植えていたので、別掲のように多様な花を活けて季節を感じることが出来る。

「はるかぜ医院」の訪問看護師と介護者研修

退院に向けて「はるかぜ医院」のケアマネージャーと訪問看護スタッフの研修が始まる。

一カ月間、毎水曜日の短期間とは言え、妻のため訪問看護師全員の派遣に言葉で言い尽くせない有り難さを感じる。

　病院までは一時間半の遠距離、訪問看護時間を調整して病院に来てくれるのだ。病棟のカンファレンスルームで講義や患者実習をされていたようだが、研修の姿を見るに愈々悦子と帰れると内心わくわくした。

　当時、北一病棟はＡＬＳ患者の対応に詳しい看護師がいた。師長は若い看護師に困ったことがあれば、

「あの人に聞いて」

とよく言っていた。私にも度々指導していただいた。ところが、二〇一五年ごろから指定難病が増えてから看護師が他病棟と移動が頻繁になり、ＡＬＳに詳しい看護師がいなくなった。カニューレの結束に不慣れで吸引方法が一律でないなど、素人の付き添い人も不安に感じた。多くの経験をさせるのは良いが、ＡＬＳ患者にとっては専門技術で対応して頂きたい気持ちに変わりはない。

在宅療養への支援会議

　西別府病院の研修以外に「はるかぜ医院」の訪問看護師はＡＬＳ患者の在宅療養の視察を行ったようだ。国東市内には、かつて呼吸器を付けたＡＬＳ患者がいたが存命でない。

詳しくは知らないが条件の近い隣接市と推測する。このように精力的に受け入れ体制を整えてくれた。

研修の最終日、西別府病院で県難病支援センターの方を中心に国東保健部保健師も加わり、担当医師・師長・看護師・栄養士及び「はるかぜ医院」看護師をはじめ総勢十二名の支援会議にはいささか驚いた。

あとで伺った話であるが、「はるかぜ医院」では在宅療養に向けての地域支援会議も開かれたようである。メディック呼吸器センター、東部保健所国東保健部、社会福祉協議会、九州電力、消防署の救急業務代表と「はるかぜ医院」訪看のスタッフが集まり難病支援専門員から話を聞き緊急の対応策など計画を練ったようだ。

後日、国東保健部の方より悦子の記録を見せて頂いたが、右記の会議の様子も書かれているのに驚いた。支援会議は勿論、悦子の様子など詳しく記されている。

介護者研修

病院までは高速を通っても一時間十分ほどかかる。退院の目処が立てば病院に行く気持ちも晴れやかになる。看護師長から私に吸引が出来るように課せられる。

「最終テストに合格しないと自宅には帰れません」

とプレッシャーをかける。

担当の看護師から吸引手順のプリントを渡され、頭の中で順序を確認する。看護師は簡単に行うが実際にするのは難しい。まず手を洗い消毒液を付ける。左手の手袋を取りやすく開いておく、吸引機のスイッチを入れ圧力を確認する。手袋を右手の次に左手に付ける、左右の手袋は衛生度が異なる。準備が出来てゴム管を塞いだ状態で、コネクターのふたを開け吸引する。

吸引チューブを静かに回転しながら抜く、時間は10～15秒以内等注意事項を挙げれば切りがない。一週間ほど看護師付き添いで訓練を受け、二度目のテストでどうにか合格する。

次の課題は在宅看護の模擬実習だった。五月十四日から個室に移り看護師さんから悦子さんの専任看護師さんと呼ばれ、夜間も看護師に頼らず吸引・栄養と投薬・オムツ交換等をする。緊急時は看護師に知らせて下さいと言われているが緊張した。二日間の練習も支障なく通過、看護師長から、

「自宅に帰っても大丈夫です」

と言われて達成感を得る。

「はまゆう」と「ひなた」の訪問看護師

在宅介護が始まって三週間後、新たに「はまゆう」の訪問看護師が支援に加わる。水曜日の訪問診療の際に、事前に見えてカニューレ交換などの準備をする。訪問診療で同じ事業所の訪問看護師は入れないらしい。

以来十二年間訪問看護でお世話になるが、二〇二〇年六月より「はるかぜ医院」のケアマネージャーと訪問看護師が、新たな事業の「ひなた」を開業して交代する。お世話になった「はまゆう」訪看へ、あえてキャンナスの書簡を紹介して感謝の気持ちを示したい。キャンナスとは後述のように「訪問ボランティアナースの会」で有償ボランティアとして訪問看護をしてくれた看護師である。悦子の在宅看護を「はるかぜ医院」と共に最初からかかわってきてくれたのである。

「この地域で初めてALS難病の在宅療養の支援チームのメンバーとして集まり、数えきれないエピソードがありました。排痰・排泄・保清・口腔ケア・リラクゼーション・体交・筆談器・文字盤・眼球の動きによるYES・NOの確認と徐々に変わった意思疎通・顔面マッサージ・車椅子移乗そして、夕方や夜のケアによる介護負担の軽減……悦子さんの療養から濃厚な学習をさせて頂きました。当初は緊張感を抱きながら様々な変化に集い、専門職の立場で、また人としていかに向き合えるか重い課題に取り組み続けた日々でした。

『介護アルバム』の様々な場面を共に歩んだ絆を感じています。十二年間チームの歯車として繋がれたことに感謝しています。ありがとうございました」

キャンナスの存在

我が家に来てくれていたキャンナスは、母親の一人暮らしを支えるため単身で嫁ぎ先に帰省され、役所の保健師として地域医療に三年間携わっていた人である。あとで聞いた話であるが、私の父のことで我が家を訪ねたことがあり、もんぺ姿の悦子を見たこともあるという。

その後、在宅医療を掲げて無医地区に開業した「はるかぜ医院」で、訪問看護ステーションの責任者として患者に寄り添い手厚い看護をされてきた。本人の傍らで背中を撫で、手を握り、童謡を歌い、家族と一緒に命の終わりに付き添う。

訪問看護のうわさは広がり、「はるかぜ医院」の信頼を高めたのは言うまでもない。医療や介護の狭間で献身的な看護を続け五年間で退職する。

その後、元患者から訪問を依頼されその数は少しずつ増えて二〇〇五年三月「キャンナスくにみ」の設立へ歩みだす。

「キャンナスくにみ」は訪問ボランティアナースの会で「看護や介護で疲れている人たちに、休める時間を持たせてあげたい」という趣旨で設立され、神奈川県藤沢市に本部がある全国組織の活動をしている看護師の会である。

妻の介護の話を聞いた同級生から、実母の入浴の手伝いに来ている人の話を聞く。とても献身的な方で、

「母と一緒に風呂に入って洗ってくれるのよ」

と、東京都在住の同級生はネットでキャンナスの存在を知ったらしい。妻の看護をお願いした当初は、九州で北九州市と国東市国見町の二人、幸運にもキャンナスは我が家から二キロの距離にある。こんな偶然なことがあるのだろうか。

悦子の支援メンバーに加わる

六月四日の退院以降の一週間は「はるかぜ医院」の研修を受けた訪問看護師だけでスタートする。私もこの間仕事を休み看護師と協力する。ただ、看護師がいるのは日に二回でその間は私一人だけ、病状は安定しており特段の不安はなく経過する。しかし、入院中と比べ自由に動ける時間はない。たとえ、次週からヘルパーが加わっても仕事にも出かけられない。当初から分かっていたことで、「はるかぜ医院」にも相談して先生からキャン

ナスへ電話をしても良いと言われていたが、私の同級生から話も聞いており直接電話してお願いする。

また、「はるかぜ医院」の訪問看護師の責任者からも町内初めてのＡＬＳの在宅療養が始まるので、制度だけでは限界があるため、支援の歯車となって欲しいと電話をしていた。

以後、支援メンバーに加わりＡＬＳ関連の団体や研究機関などから情報を得て、支援会議で多くの発信をしてくれる。私の出張など不在時は制度で補うことの出来ない時間帯のほとんどをキャンナスが担当する。

キャンナスの発信

在宅療養八年目の夏、悦子は西別府病院へ胃ろうボタン交換で入院する。その際、ＣＴ検査などで肺右側に水が溜まっているようで利尿剤摂取の説明がある。

退院後、利尿剤の影響もあると思うが尿や便の量が不規則でシーツを汚すこと度々、オムツ交換の一番の悩みであり、夜一人で交換するときなど大きな負担であった。

このような状況下でキャンナスが尿量の計測を始める。一日の平均尿量が千二百から千五百ミリ、水分摂取は栄養・白湯・薬挿入時を加えて千七百ミリで排尿のリズムにむらが顕著になっている。

このことを、訪問診療に見えた坪井先生に詳しく説明、看護・観察・対応に感嘆して帰り際、先生は妻に、

「今日は良い勉強になりました」

と言われる。

オムツ交換の頻度にもよるが、五十ミリ以下のときもあれば五百ミリ以上のときもあり、泥状便と重なればパッド外に溢れる。朝の排便は予測出来るので、オムツ交換の細かな調節やオムツの当て方まで支援者に教えてくれる。私にもオムツ交換が困難のときは、一人で無理せず誰かを呼ぶよう言われる。勿論、尿量の計測は今回だけではない。

制度による支援を各種団体に働きかける

キャンナスは設立趣旨と有償ボランティアの狭間で、介護者の経済的負担軽減を度々発信してきた。在宅療養になって十年経過すると、加齢による疲労が加わり夜間の介護負担はときに、愚痴となって妻に跳ね返ることも知っている。

長期の介護は各事業所の取り組みに影響される。訪問介護事業所の廃業、吸引の有資格者の配置換えや定年退職、事業所の方針で新たなニーズの身体介護支援は今後しない。

市報の「あなたと創る国東の未来」が目にとまり、私の了承を得て現状を行政の長に訴

え人材の養成と確保を願い出る。担当課長から再度話を聞いていただくも、急な改善は望めずほど遠い目標である。

しかし、社会福祉協議会の事業所が新たに職員に吸引資格を取らせて、妻の支援に加わるなど少しずつではあるが前に進んでいる。また、同事業所は夜間の支援提供も説明書にあるが人員不足で行われていない。この項目は後日削除される。

日本ＡＬＳ協会支部大会や各種研修会に参加

悦子の看護支援者となったキャンナスは日本ＡＬＳ協会に加盟して、二〇一七年十二月の県神経難病地域支援ネットワーク研修会や翌年二月に難病コミュニケーション支援講座、そして同年七月には難病研究会主催のＡＬＳの栄養管理に「はるかぜ医院」の訪看と参加など、各種研修会に積極的に参加して情報収取と自己研鑽に努めてくれる。

幻に終わった重度訪問介護

過去にキャンナス担当の夜間訪問看護は経済的負担があり、国東保健部や各事業所に情報を提供して、制度への移行を働きかけたが実現しなかった経緯がある。

その後、介護者が八十歳を超え、どんな状況下でも「痰上りの音は分かる」と自負していたころに比べ夜間の一人介護の限界が見えてくる。併せて、飲食業従事の次男がコロナの影響で経済的負担が顕著になる。

事業所への依頼は難しい状況で変わりはない。キャンナスは二〇二二年七月難病医療連絡協議会の方より別府市内の個人事業所の「NPO法人自立支援センターおおいた」を紹介され、自ら状況の説明と相談の行動を起こす。

理事長と面談、支援状況を聞き、

「もっと早くから重度訪問介護を入れられなかったのか」

「長期の一人体制を続け、家族だけでなく貴方もつぶれかねない」

と驚嘆する。

大分・別府の都市部では障害支援で二十四時間体制の療養者も多い。導入に際して国東市との話し合いが必要でその為にも介入する事業所として、キャンナス以外に二～三人の体制が条件と提案され課題を持ち帰る。

その後、ほぼ一カ月看護師探しを続けるも地域的に限定され、人工呼吸器装着で尻込みされ時間だけが経過する。看護師からヘルパーの三号研修に方向を切り替えてから、入浴支援に来られていた一人のヘルパーから快い返事をいただく。

日本ALS協会大分県支部が一人の受講生の為に資格取得の研修を引き受けてくれ、中請と資料作り・スタッフ調整など配慮して下さる。
研修は大分県支部会長宅で二日間行われ、彼女は日常のヘルパー業務を調整して遠路の受講を済ませる。実地指導看護師はキャンナスで申請して許可を得ており、気管・口腔・鼻腔吸引・経管栄養など十日間の実地指導を終えて、以下の書類を揃えて申請する。

添付書類
家族の同意書、「はるかぜ医院」医師の指示書、研修修了報告書、登録ヘルパー面談、履歴書、マイナンバーカード、検診結果、資格取得証、自家用車任意保険証

五カ月前から別府市内の個人事業所に掛け合い、悦子の夜間支援に入れる方を探して資格取得に漕ぎつけたが、妻が先立ち間に合わなかった。資格取得研修には日本ＡＬＳ協会大分県支部の協力のもと、遠路車で通われ研修を受けた方にお礼のことばも見いだせない。せめて数日でも介護が受けられたらと悔やんでいる。

介護環境と看護記録及び伝言ノート

長男家族が帰省してから、私たちは前述の別宅で生活を始めた。悦子のＡＬＳ発症で当初の夢は消えたが、例の十八畳の部屋は床が頑丈で空調も申し分ない。しかも、自分らで手を加えた庭を見渡せる。

ピアノ設置の目的から介護の部屋になるとは夢にも思っていなかった。部屋は療養の環境として手を加える必要はない。ベッド及びキャスター付きサイドテーブルはレンタルで、他の机等は家にあるものを利用する。

ＴＶを壁掛け設置

気管切開してベッドで寝たきりだと天井ばかり見ている。ＴＶはスタンド型で室内にあるがベッドから見づらく、ラジオかＣＤを聴くことで時間を過ごす。ＴＶを見るにはベッドサイドからアームで固定する必要があり複雑で普段は邪魔になる。

せめて車椅子に乗ったときはＴＶが見やすいように壁掛け設置をする。以後、一時間半の車椅子は庭を眺めたあとＴＶを見るのが習慣となる。

手の蒸れ防止で「茶袋」を握る

介護八年目の十月、日本ＡＬＳ協会大分県支部の「支部だより」で手の蒸れを防ぐ「茶袋」が紹介された。数日後、キャンナスが犬の散歩と言ってわざわざ自分で作って届けてくれる。効果てきめんで一週間ごと入浴後に交換して続ける。「茶袋」は自分も試みたがうまく行かず、キャンナスが作ってくれた。最初は使用済みの茶殻を使っていたが、不足するので安いお茶を買うようになる。

部屋に花を活け季節感と生きる喜びを共感

元気な時の妻は花が好きで菊を三百鉢ほど作り町内の展覧会にも出品、六アールほどの休耕田には花菖蒲を植え畑には芍薬を育てていた。先祖に花を供える習慣が強い鹿児島出身で、仏さまの花も買ったことはなかった。病気発症後は菊作りを止めたが、花菖蒲と芍薬は自分が受け継いでいる。庭や畑の端には悦子が植えた花が咲くので、部屋に飾ることで季節の移り変わりを実感する。

正月　しだれ梅
三月　水仙　花桃　椿

四月　エビネ蘭　スパニッシュブルーベル（釣鐘水仙）牡丹
五月　芍薬　ジャーマンアイリス　ニオイバンマツリ　時計草　アヤメ
　　　アイリスレティキュラータ（アヤメ科）
六月　花菖蒲　紫陽花　はまゆう　アガパンサス
七月　山百合　鹿の子百合　リコリス
八月　パンパスグラス　ヘリオプシス（キク科）
九月　彼岸花（赤色、白色、黄色）
十月　金木犀　菊
十一月　茶の花　つわぶき　シャコバサボテン
十二月　蠟梅

これらの花は介護十五年間に部屋に飾った四季の花である。部屋に持ち込む時に妻に、

「あなたが植えた花よ」

「もう、この花が咲く時季なのか」

と話しかけて花台に置くのが常だった。朝、支援者が見えて花が変わっていると、一言、

「わー、悦子さん……」

と花を切っ掛けに話が弾むことが多かった。

看護・介護記録

悦子の看護・介護には多くのスタッフが携わる。吸引時刻や状態・オムツ交換時の排尿・排便の量、そして部屋の温湿度の記録は大事である。次の三つの表を作成して、在宅療養が始まる日からバインダーで机上に備える。

一、呼吸器管理チェック表（西別府病院準拠）
項目（月日時間・ケア内容・気道内圧・換気量・アラーム・カニューレ接続・痰の量・記録者のサイン）は簡潔に記入出来るように、ケア内容など下欄に番号を付けて書きやすくした。

二、排尿・排便記録
一カ月ごとに日時の一覧表に尿は＋便は◯、多量のときは線を加え便は◎にした。

三、室内環境と体調記録
人工呼吸器装着で重要なことは湿度である。当初、人工鼻を装着していたので殊更である。

項目（室温と湿度、体温・血圧・酸素飽和度・脈拍、火照り・睡眠、状態）ごとに記入する。「状態欄」は毛布から掛ふとんへ、ヒーターＯＦＦとか氷枕交換など、訪問看護師は看護記録に書くのでヘルパーとキャンナスの記入が多い。年間を通じ室温十八〜二十二度、湿度四十五〜六十％を維持するよう努める。

伝言ノート

訪問看護とヘルパーはそれぞれ詳しい記録綴りがあり、支援者はいつでも見ることが出来るが、訪看は看護記録を、ヘルパーはサービス記録だけで相互に見ることはほとんどない。

当初はメモ用紙で相互の連絡を取っていたが、継続性がなく前を振り返ることが出来ない。

「連絡ノートを作ったら」

とか、

「それぞれ記録があるので不必要」

の声も出る。「伝言ノート」を作ることに若干の抵抗があったが、在宅八年目の二月、小さめのノートを買い求めて始めることにした。今では四冊目で書き込み内容は多岐にわたる。

訪問看護師からは「採血と心電図」「耳鼻科の受診」などの結果と「発熱の対応」の留意点など、そして「オムツ交換の工夫」の提案などの書き込みがある。

ヘルパーの書き込みは「悦子の状態」や「加湿器の点検や室温」また「ドアノブ消毒」などの伝言が見られる。

支援者が部屋に入ると、先ず「伝言ノート」を開く姿がよく見られた。

V　やすらぎのひととき

在宅療養の始まり

二〇〇八年六月四日、入院生活半年で退院の日を迎えた。天気の良い朝で部屋に花菖蒲を活けて自家用車で家を出る。途中「はるかぜ医院」の看護師を乗せて病院に到着する。

西別府病院の準備した搬送車に悦子は車椅子で乗り込み、主治医、担当看護師それに「はるかぜ医院」の看護師が添乗する。私が自家用車で先導して、呼吸器センター・難病支援センター専門員も別々の車で追従する。この日の為に私は車椅子に悦子を乗せて、病院の廊下や庭を何度も回って練習してきた。悦子にとっては久々の自宅に一時間半ほどで帰り着いた。車中での体調も問題なく安堵する。

自宅には「はるかぜ医院」の坪井峯男先生をはじめ東部保健所国東保健部地域保健課の保健師、そしてケアマネージャーと三名の看護師が待機して下さっていた。玄関先で記念写真を撮る、これから始まる在宅療養を支えて下さるスタッフの記念日である。多くの支援者に囲まれ悦子の顔も晴れやかである。

呼吸器を装着しなかったら、こんな日は迎えることはなかったと感極まる。

これから担当する「はるかぜ医院」の坪井先生は主治医より、訪問看護師は呼吸器センターの方や西別府病院の看護師より説明を受ける。退院をこの日に選んだのは、今日が「はるかぜ医院」定例の訪問診療日であったからだ。

退院一週間の看護と介護

最初の一週間は難病支援専門員の勧めで「はるかぜ医院」の訪看と私が看ることを決めていた。退院後も看護では病院のケア体制を維持したいからである。

先ず、研修を受けた三名の訪看と私で在宅看護を実践、一週間の課題を含めて少しずつ支援者に療養に慣れて頂くことを心掛けた。

退院の翌日は訪問看護師の責任者が九時三十分に見えた。手慣れたもので安心出来る。体調や呼吸器チェック、そして清拭・着替えまで一人で行った。さすがにプロである。それが終わると妻を車椅子に移動させてから、しばらく様子を二人で観察する。

「三十分ほど乗ったが表情も落ち着いており、疲れはないようです」

と看護記録に記されている。当時は車椅子移乗やベッドに戻すのは私一人で出来ていた。

午後は別の訪看が見えて計測や体調観察をする。また、吸引用器やセッシなどの煮沸消毒も一緒にしてくれる。ほぼ、このような状況で最初の一週間は一日二度の訪問で経過した。

悦子はベッドに横たわって新聞を手に取り、回転椅子に座ってテレビを見る。ただ、自分で移動が出来ないだけでこれまでと変わらない。ＡＬＳは進行性の病気と言われているが、妻の姿を見れば進行性は信じがたい。このような日々が続くと思い介護にも力がはいる。

当時、排便については紙パンツに尿取りパッドを当てていたが、それでも再々漏れていた。尿意は告げていたので、ポータブルトイレを購入して何回か使用する。訪看は大便も、

「練習すれば出来る」

と、激励したが叶わなかった。筋力の衰えは移動補助に体力を要し、本人の負担も大きくやがて尿もポータブルトイレを使用しなくなる。

療養支援にヘルパー加わる

当初は退院一週間後に社会福祉協議会くにさきケアセンター「たんぽぽ」のヘルパーが支援に加わる予定だったが、担当者が体調不良で十日後になる。六月十三日から訪看の指

導を受けながら四人のヘルパーが交替で一日二回ほど来てくれる。少しずつではあるが、介護の日常生活が定着した感じがする。そして、七月にキャンナスが加わってから私の仕事と介護が軌道に乗る。

退院一カ月経過してトラブルもなく平穏な日々を過ごす。部屋に花菖蒲を飾り、ベッドの上で新聞を手に取って読み、アイスクリームを食べる。未だ、手先はよく動きベッド脇のコールボタンを押せて筆談も不自由を感じない。テレビを見るときなど、呼吸器の回路をベルトで固定してベッドから脇を抱えて回転椅子に移動した。悦子も協力的で軽く感じる。

三番目の孫は当時六歳、いつも悦子のそばに居る。ベッドに一緒に寝たり、回転椅子に二人で掛けたり多くの写真がある。両親が働いているので、保育園へオムツを持って送り迎えした「ばあちゃん子」である。

退院三カ月後の秋に、悦子の編み物や趣味を知っていたキャンナスの助言で「アクリルたわし」を編み始める。作品は支援者や知人に一枚ずつプレゼントする。そして、翌年の二月入院の際には三十枚ほど準備して看護師さんへプレゼントした。また、キャンナスの世話で町の「ちょるちょる祭」で作品を販売して、売上金は市の社会福祉協議会に寄付をする。

呼吸器に助けられた状態で時間はかかるが編み物は出来る。手の動きは普通の人と変わらない。悦子は元気な時に編み物やパッチワークをしていた。私の着ていたセーターは全て手編みで、職場の女性から注目を浴びたことを思い出す。内助の功か、ひそかに楽しいひとときであった。

花咲いた春の庭先を眺める

介護三年目の三月、孫が小学校の卒業式を迎え悦子のところに卒業証書を持って報告に来る。六年前、悦子と二人で親に代わって入学式に出たことが思い出される。

部屋につぼみをつけた「君子蘭」、庭には妻が植えた桃の花やボタン・アイリス・ガーベラなどが咲き始め、まさしく百花繚乱である。車椅子で庭に出たいが支援者が居なければ一人では無理である。

例によって、孫が悦子のベッドに入りこんで一緒に眠り、回転椅子に座って庭を眺める。春の穏やかな日である。

同年十一月中旬の穏やかな小春日和、悦子は朝コーヒー牛乳を少し飲み、

「水羊羹も欲しい」

という。妻の見ている前で、チューリップ二十五個とパンジー十五本をプランター五つ

に植える。畑の大根とほうれん草に水をやって、台所の机上を整理して庭の落ち葉を掃く。天気が良いので押し入れの布団を干す。あと、垣根の剪定を二時間ほどする。今日は良い仕事をしたと妻に話しかける。

リハビリ始める

ＡＬＳは運動神経がうまく機能しなくなる進行性の難病で、リハビリは症状に対する対症療法と考える。呼吸器を装着して病状が安定してから、早めにリハビリ療法に取り組めば良かったと反省が残る。勿論、訪問看護師は退院直後から手足や身体のマッサージは続けていた。

当時、私はＡＬＳの筋力低下の進行性を軽く考えていた。呼吸器を装着したことで五感は健常者と変わらず、平穏な療養生活を続けられると信じていた。

半年ごとの胃ろうボタン交換入院でも、リハビリ治療があったり無かったりで介護四年目の一月、西別府病院入院中に担当医の花岡拓哉先生からリハビリ治療の話があり始める。

このころの介護の一日は一つ一つは大したことではないがすることが多い。

同年の介護の一日を六月二十一日の日誌より転記して紹介する。

「雨も止み曇りの天気、とにかく朝は目の回る忙しさである。五時栄養摂取、薬の注入、水枕の交換、便の処理、手足の位置を変える。顔拭き、口用タオルの洗濯、軒下の干し物を乾燥室に入れる。吸引用水の補給と水捨て、容器の洗浄、その他本人の要望に応える。吸引の記録記入、排便記録も同じ。その間、妻のそばに移動した私のベッドの片付け、一段落するも、自分の朝食準備で休む暇もない。車椅子移乗も待っている」

その後、介護六年目の二月より市民病院の訪問リハビリ治療を毎週の金曜日に受ける。しかし、悦子はあまり好んではいなかったようだ。専門的なことは分からないが、動ける部位を最大限生かそうとする治療はきつかったのかもしれない。

介護十一年目の一月よりかかりつけ医と治療の連絡がとり易い「はるかぜ医院」の訪問リハビリと交代する。市民病院の訪問リハビリステーションは五年間お世話になった。

庭の山茶花にメジロが飛来

二月中旬の穏やかな朝、部屋の南側の山茶花にメジロが蜜を啄んでいる。かつてはよく見かけたが久しぶりである。メジロに気付かれないようしばらく観察する。悦子に知らせるが、ベッドに寝ていては様子を見ることは出来ない。写真を撮って見せるも小さくて見づらい。でも、こんな自然豊かな贅沢な環境にあることを嬉しく思う。訪看からも自宅にメジロが来てみかんを置いた話を聞いた。

車椅子で庭のしだれ桜に集う

しだれ桜が咲き始めるころ、支援者と車椅子で庭に出るのが恒例になっている。介護五年目の三月中旬の穏やかな金曜日、早朝に庭を掃きスロープを作って準備万全、支援者十名が集まってくれる。しだれ桜の下で悦子を囲み写真を撮ったり、テーブルに置かれた桜餅を食べたり楽しい時間を共有する。この日は花菖蒲畑まで車椅子を移動させて、妻に芽の出た菖蒲を見せる。道路側から見た桃の花もきれいに咲き、まさしく春爛漫である。年間を通じて一番印象に残る行事である。

温泉水の入浴車

悦子は人目を気にして、入浴車に若干の抵抗があったが従わざるを得なかった。しかし、入浴中は気持ち良さそうで、まもなく週二回に増やす。嬉しいことは月に数回、温泉水を汲んで入浴に使ってくれたことだ。部屋に独特の温泉の匂いが立ち込め、やすらぎの湯である。

これも、町内に温泉があるからだ。温泉水を使うときは職員が交替で片道五キロ以上ある温泉水を汲みに行くらしい。支援者の方々への感謝の言葉も見つからないほどである。

入浴前の髪カット

西別府病院入院六カ月の期間中に髪の毛が一部玉状になり、私が切ったが見苦しいので理容師にお願いしたことがあった。自宅に帰ってからは悦子の髪は私がカットしている。散髪セットは子どもの為に揃えていたもので、三〜四カ月に一度入浴前に行っている。車椅子に乗せてカットするが、頭は手に持つ必要があり手助けはいつもキャンナスにお願いした。

孫の文化祭

介護七年目の勤労感謝の日に中学校の文化祭があった。夕方、嫁がビデオを見せに来る。末の孫がピアノ演奏をして皆が歌っている。悦子のところにいつも来ていた「ばあちゃん子」である。文字盤では聞かなかったが、表情から嬉しさが読み取れる。

コウノトリの飛来

長い介護期間中にも次のような希望を感じる出来事もあった。

同年六月中旬、買い物を済ませ帰宅途中に公民館付近でコウノトリを見付ける。家よりカメラを取りにもどり写真を撮る。かなり近づいても逃げる様子はない、放鳥した鳥に間違いない。悦子に、胸をときめかせて知らせる。

我が郷里に飛来するなど初めてである。「兵庫県立コウノトリの郷公園」へ写真と共に知らせる。その後二週間ほど見かけたが飛び去ったようだ。コウノトリの郷公園の方から識別番号「ＪＯ四八一オス」と判明、飛来地を知らされ広範囲に驚いた。

昨年三月郷公園で放鳥されてから、長門市を経て対馬へ、韓国飛来の可能性もあるが情報発信がない。八代、伊万里を経て二月中旬に玉名市へ、そしてここ郷里に飛来したのだ。飛来地はまだある、飛び去ったあと長浜、横浜、藤沢、焼津、南海市へ、そして放鳥されてから二年後に鳴門市で落ち着いたようだ。

コウノトリは自由に飛んでいるが監視されているのだ。何だか複雑な気持ちになる。支援者もここ数日の話題はコウノトリ一色である。暮れに作る年賀状に写真と飛来ルートを載せて、

「今年は幸運な年となりそうです」

と添え書きをする。

国東市西方寺の「みつまた」を鑑賞

介護十三年目の三月八日の日誌に、

「今日は午前中訪看のみで、煮沸消毒を済ませ掃除機をかける。午後ヘルパーが見えて車椅子移乗を手伝ってもらい、悦子はテレビを見る。今日から大相撲が始まるもコロナの影響で無観客である。翌朝四時二十九分地震、国東地方震度二で停電もなく安心する」

翌日、隣接の街に買い物に行き、西方寺の「みつまた」を見て帰る。市内にこんなきれいな所があったのかと感心する。

十四年間の介護者ベッド移動距離クイズ

私は訪看とヘルパーにネット上で見付けたクイズをよく出していた。小学生程度と言いながら難問もある。

「国語や数学は不得手です」

とか、

「自分は小学校しか出てない」

と言う訪看も現れ、緊張の中にウイットに富んだ会話が出て和んだ雰囲気になる。介護の緊張から解きほぐしてくれる一場面でもある。

私は毎日、移動式ベッドを妻の隣に押してきて睡眠をとり、朝片付ける。十四年間では相当な距離を動いてきたことになる。その総移動距離はどれくらいか、とクイズを出した。

景品も弾んで、一番近い人に自作のジャガイモ五キロ、二位が花菖蒲百本、三位は田植えの勤労体験とする。

答えの移動距離は百三十二・五キロ、勿論悦子の入院中は出しっ放しで計算除外である。正解者の賞品のジャガイモは量が多くて、子どもさんにおすそ分けしたそうだ。花菖蒲は五十本ずつ二回に分けて贈呈、三位の勤労体験は今まで経験しているのでと辞退された。

音楽療法

今では医療介護現場では当たり前の療法として話題にもなっているが、私が「音楽療法」を最初に聞いたのは、ほぼ二十数年前である。県立芸術文化短期大学附属緑丘高等学校勤務時代である。当時、音楽科のある高校は全国で二校しかないユニークな存在である。入学式や卒業式はオーケストラ演奏で挙行されていたのを思い出す。その指揮をしていたのが進路指導主任で、進路開拓に関して「音楽療法」の話を聞いた。

まさか、我が家で音楽療法を経験するとは思わなかった。ＡＬＳ患者は運動神経のダメージを受けやすいが、聴力は維持される。音楽を聴くことは心の状態を安定させ不安解消など期待できる。

介護十五年目の一月中旬、日本ALS協会大分県支部の方より、ZOOMで音楽療法の案内を受ける。私のパソコンはデスクトップ型でカメラ機能がない。設定を試みるも音声・画像の受信は出来るものの送信は全く出来なかったが、初の体験は心に残る良い思い出になった。

リアルタイムで遠隔地の演奏を聴けて感動する。悦子の表情からも読み取れる。当時の日誌より抜粋紹介します。

「リクエスト曲の『ふるさと』『四季の歌』を聴くことが出来て幸せを感じた。リハビリのあと妻は車椅子に乗って聴く、意思表示はほとんどないがいつもと違う表情が見えた。心より企画に感謝した」

後日、訪問リハビリの理学療法士によってスマホで画像・音声を送信出来るようになる。四月と七月に日本ALS協会大分県支部の方が、遠路パソコン操作に長けたご子息を同伴して見えられ、カメラを設置してワイファイ環境を整えて頂きZOOM設定を済ませる。十二月末、妻の病状が悪化するまでほぼ毎月参加して聴かせて頂いた。

音楽療法士からのリクエスト要望に、元気なとき悦子と早朝テレビで毎日聴いていた、筑豊出身で夫婦デュオ「HARU〜ハル〜」(おおがたみずお・はる)の『あなたに贈る歌』をあげる。

歌の題名も知らず、私自身ＣＤを探すのに苦労したことを思い出す。同じ題名の歌があり探すのが難しいと思ったが、流石に音楽の先生、お見事。リクエスト曲を歌ってくれ感激する。

彼は若くして亡くなりこの歌は人気曲にはならなかったが、南米の旅先で出逢う人々にただ「元気で」と願って歌っている。ＨＡＲＵは「こころに残るうた」を歌い「勇気と真実」を与えてくれた。まさしく、音楽療法である。

さて、悦子はキャンナスが夜間訪問するようになってときには眠剤を入れ、

「おやすみなさい」

と言ってキャンナスが持参した「にっぽんの歌」「こころの歌」などのＣＤをいつも聴かせてきた。また、障がい者支援センター「タイレシ」の方も以前から睡眠導入ＣＤを持参して下さる。

介護十年目、クリスマスイブの日に社会福祉協議会の方がサンタの衣装でハープ演奏、『ふるさと』『荒城の月』『シャボン玉』の三曲を聴かせてくれる。珍しさもあり周りの支援者も感動する。

介護十三年目の四月七日には難病医療連絡協議会の方がオカリナ演奏三曲『ふるさと』『夕やけこやけ』『崖の上のポニョ』を聴かせてくれる。いずれも思い出に残る音楽プレゼ

ントである。私はしばらくの間、『崖の上のポニョ』をネット上で探して悦子と聴いた。

また、ごく最近YouTubeでテレサ・テンの歌を知る。こんなにきれいな声を持った、感情移入が素晴らしい歌手がいたのかと驚いた。「アジアの歌姫」と言われるゆえんである。

私は彼女が歌う『東京ブルース』と『中の島ブルース』が好きでよく聴いていた。勿論、悦子にも聴こえていた。しばらくかけないと、キャンナスが、

「テレサ・テンの歌を悦子さんに聴かせたら」

と催促される。妻の好みは知らないが、だれが聴いても心が和むと思う。

来客

鹿児島から姉妹が突然訪れる

介護五年目の五月連休中に姉妹名でメロンとカルカンが届く、悦子の指示で近隣の友達におすそ分けする。夕方姉妹が突然タクシーで訪れる、宅急便はお土産だったのだ。妻も状況が理解できないようで驚いたような顔色をする。

姉妹は四日間滞在して、悦子の衣類などの整理をしてくれる。鹿児島に帰る前夜、私の手料理で天ぷらを揚げながら食べて頂いた。出発の朝、芍薬を活けた花瓶を横に三姉妹で

記念写真を撮る。それは在宅療養写真集に貼られている。

翌年の話であるが、悦子から九月二十一日は父の命日と知らされていた。彼岸の入りでお墓掃除に行ったばかりであるが、私はまるで頓着ない。仏壇には彼岸花と仏柴を飾り、お彼岸で巻き寿司を作っていたので供えてお参りする。

翌日、鹿児島から姉と従妹が宇佐駅まで来ている連絡があり迎えに行く。姉は昨年見えたばかりで自分が年老いて何も出来なくなるので、娘に家を教えておきたいらしい。車椅子の悦子と一緒に記念のスナップ写真を撮る。妻の顔も日ごろに比べにこやかである。嫁が夕方二人を宇佐駅まで車で送る。この日は二番目の孫の運動会でもあった。

教え子二人が悦子を見舞う

新採用で赴任した学校は、学年四十四名の一学級編成であり、私が一学年から卒業まで担任した。彼らは、考え方を変えれば、他の先生からの担任経験がない生徒でもある。話は脱線するが、私は三年間に他の教員がしたことのないようなことを経験した。

先ず、家庭訪問を芦屋市まで行った。保護者がトンネル工事に従事していたので、中国縦貫道六甲トンネル工事の現場である。飯場に宿泊したが風呂はプールみたいな浴槽で、お湯は奇麗とは言い難い。翌日の味噌汁の辛さは尋常ではなかった。そして、高校の主事

（今では教頭）の紹介で野田市の耳鼻咽喉科医院の「いびき博士池松武之亮先生」の家を訪ね宿泊したことだ。二〇一九年四月十四日、地元紙に「池松武之亮いびき研究所」が出版した『いびき博士奮闘記』を所長の三女が郷里を訪れ、図書館や小中学校に寄贈した記事を見て懐かしく思った。

さて、二人の生徒の話に戻そう。今では考えられないことだが、定期考査中に若い教員と深夜に生徒の家に激励に行った。十二時ごろ、

「頑張っているか、寝てないか」

と、突然の声に保護者は飛び起き、

「あらー……先生」

と招き入れられ、お茶を飲んで帰ったことがある。高校生の本人は突然の訪問で勉強どころではなかったと思う。しかし、生徒に対する期待は大きかった。印象の強い一人である。

そのとき、悦子が三男を妊娠して町助産婦のもとで出産を予定していた。助産婦が胎児の異状に気付き病院へ搬送、前置胎盤で帝王切開をする。病院側から輸血をするので新鮮な血液が必要、なければ売血を使うが感染症の心配があると言われる。知人もおらず主事に相談するとクラスの生徒四名がタクシーで駆けつけてくれた。新鮮な血液で危機を救っ

てくれた生徒の一人である。彼女は看護学校を卒業して、奇しくも悦子が入院していた病院で看護師長を務め退職する。悦子の状況を知り二人で訪ねてくれたのである。

悦子、数十年ぶりに友人と会う

介護十一年目の九月に宇佐市から、三男の保育園時代の先生と、仲良し隣人の二人が訪ねて来られた。長男のクラス会が切っ掛けで実現したようだ。二人は悦子が元気なときにも二度ほど見えたことがある。

隣人の方は夫妻で在宅療養中にも見えられたが、悦子が、

「呼吸器を付けた姿を見せたくない」

と面談を断ったことがある。療養十年を経過して意志表示が困難になってから、私は面会を断らないようにしてきた。丁度、悦子は車椅子に乗っている時間で、自らの表示はなくとも二時間ほど昔話を聞いた。おそらく、楽しい時間だったと思う。お土産のブドウは訪看とヘルパーさんで一緒に頂いた。

京都から従妹が見舞う

介護十二年目の八月、お盆で京都から帰郷、その足で悦子を訪ねてくれる。従妹は前年

の六月にも見舞いに見えた。

悦子は従妹と姉妹のような付き合いである。鹿児島から嫁に来て知人のいない中、長男誕生の際に悦子を訪ねて、

「かわいい、かわいい、おっぱい飲んでる」

と、首のすわらない赤ちゃんをだっこして悦子と楽しい時間を過ごした思いがある。

当時、悦子は趣味で編み物を作っており、テーブルクロスをプレゼントされ京都の女子大進学後も大切に使った思い出の話を聞いた。

また、遠路京都の話だが、従妹の知り合いに悦子の病状を話したとき、その方は日本ALS協会大分県支部顧問で大分協和病院の院長といとこ関係にあると聞かされ世の中の狭さに驚いた。

前述の「花と野菜作り」で記しているが、従妹から桜島大根の礼状が届いているので紹介する。

「……さてこの度は、新鮮な野菜・果物・乾物類、涙の出る思いの数々本当にありがとうございました。お手紙も添えて感動いたしました。特に、桜島大根の立派なこと写真にも感激いたしました。……」

教え子のクラス会に招待される

二〇一六年五月中旬のことで、介護とは直接かかわりないが家を留守にするので、妻に説明する必要がある。生徒のことはおおよそ知っているので興味を持って聞く。

高校卒業四十三年ぶりの還暦クラス会である。当日は叔母の十三回忌法要で午前中お参りする。例の妻を見舞ってくれた二人の生徒が車で迎えに来てくれる。二十三名の参加者で、お酒も加わり時間を忘れて話に花が咲いた。

十一時前家に到着、キャンナスが来てくれるので遅くまで出かけられる。頂いた花束を花瓶に挿して妻と喜びを分け合った。クラス会礼状の一部を紹介する。

「……皆さま方より家内へお見舞いまで頂き重ねてお礼申し上げます。お会いして、青春の真っただ中の高校三年間の様子が少しずつ脳裏に蘇りました。……公立高校の教師を志して最初の赴任校です。全てが新鮮で懸命に努力したつもりですが、今ふり返ると経験不足は否めず反省ばかりです。しかし、懐かしくお会いして優しい人生観を具え、頼もしい姿に接し感服しました。また、還暦を迎えた皆さんにも驚きました。月日の経つのは早いですね。私も公立高校退職十五年を迎えます。妻はＡＬＳと診断され人工呼吸器を装着して今年で八年が経過します。昨日は参議院厚生労働委員会の参考人意見陳述をインターネットテレビで見ました。こんなに政治が身近にあることを実感しました。私も多くの支援者に支えられ介護に専念出来ます。……」

〈補足〉参議院厚生労働委員会には本県出身の議員が出席しており、それも医師である先生が昨年の五月下旬、機会あって我が家に見えられ、妻と面談された経緯があり委員会に関心があった。

その後、二人の男子生徒が遠路訪ねてくれ高校在学中の話題が尽きなかった。

二〇一八年五月にも二つのクラス会に招かれた。

一つは前述の二年前に還暦クラス会を開いた初任地の卒業生である。会場は別府市のホテルであるが、私の希望で会が始まるまで、教え子の郷里を訪ねることにした。ほぼ、半世紀前の家庭訪問の地である。

生徒が謹慎処分を受ければ担任が家庭訪問をする。バス停で降りて、更に一時間ほど歩いて家に着く、近くに隣家はなく裏山は有名企業の社有林と言っていた。

両親と本人を前に厳しく指導と反省を促し帰宅しようとすると、父親が車でバス停まで送りましょうと言う。言葉に甘えて車に乗り込むと、ちょっと待ってと引き返して猟銃を持ってきた。私は心穏やかでない。

「厳しく言い過ぎた」

でも、動揺は見せたくない。車でしばらく行くと父親が、

「猪が出るので、出かけるときは猟銃を持って行く」

と話す。今では笑い話であるが、体の力が抜けていくようだった。

その後、その生徒は東京都で建設会社を設立して社長となった。介護の私を気遣って時々電話をもらう。クラスでも一、二の成功者である。

懇談会では彼の話題で盛り上がったことは言うまでもない。

二つ目は保育園の先生と悦子の友だちがいる市内の高校である。私が同市内の高校に赴任して最初に担任した新入生の学年である。当時この高校では二学年までクラス編成はしないのが慣例になっていた。自宅学習の習慣化や一人ひとり目標を持ったクラスの雰囲気が生まれつつある中で、担任継続は疑っていなかった。

ところが、年度末に教頭から説得されて止む無く担任を離れ、授業にも行ってない三学年の担任を任された経緯がある。理由は想像にお任せするが、お気に入りクラスであった。

かつて、東京出張の際に偶然にも東亜国内航空の客室乗務員から、

「あら先生……」

と声をかけられた。前述の担任の生徒である。入学後の進路・学習指導の思いが甦り、喜びがこみ上げたことがあった。クラス会に招かれたのは当時の三学年担任と私だけである。学年主任はすでに亡くなられている。

卒業生は知る由もないが、僅か一年間担任の生徒との懇談で心が和む。帰宅して妻に伝えるも四十五年前のことである。

記念日

家の年中行事は父母が健在のときから、悦子が準備して行ってきた。正月・お盆・大晦日はもちろん、五月の節句・中秋の名月など飾り物をして季節感を家族そろって楽しんだ。また、節分の日には座敷で豆まきをして父母・孫たちと争って拾った情景が思い出される。

家で迎える年末・年始

二〇〇七年は暮れに緊急入院して新別府病院で正月を迎えたが、翌年は家で餅つきをする。嫁の友人家族も加わり、倉庫で孫たちのはしゃぐ声を久しぶりに聞いた。福岡市から帰省した次男は調理師をしており、フグ料理を振る舞ってくれる。

家族そろって大晦日を過ごせる幸せを感じる。悦子も台所のテーブルに着き料理を見るだけであるが、喜びに溢れている。家族が揃うことは言葉に言い表せないほど嬉しいことだ。「ありがとう」

と日記に記している。

正月七日は七草粥を作る日である。お店で買わないかぎり七草を揃えることは田舎でも無理である。かつて悦子は七草にこだわらず、身近な野菜を使ってきた。鹿児島から暮れに「さつま揚げ」を貰ったのでそれも入れる。自分が七草粥を作るのは初めてで、まだ手もよく動く悦子にスズシロの皮をむいて貰った。料理を作る時も妻の存在は大きい。

以下、年末・年始の様子を抜粋して紹介します。

介護四年目の元旦、神社総代も三年になる。午前九時には元旦祭があるので朝七時半に家を出る。大晦日から二日までは訪看は来ない。ヘルパーも三日まで休みである。介護は家族とキャンナス以外にない。当日は九時半まで嫁が、以降はキャンナスが私の帰るまで看てくれる。あいにく雪の日で二キロ超の道を彼女は歩いてこられた。

神社では祭祀後、当場引継ぎの挨拶を済ませ仕出し弁当で新年会をする。全員が車の運転があり小瓶清酒と仕出し弁当は持ち帰り、私が帰宅したのは正午ごろだった。

午後、次男が作った雑煮を神仏に供え、家族でお参りして孫三人にお年玉をあげる。たとえ妻が動けなくとも、全員揃って新年を迎える事は幸せである。夕食はヒラメ・ブリトロ・蟹・茶碗蒸しなど、次男の豪華な手料理を嗜む。悦子はベッドで雰囲気だけは感じただろう。

まだまだ、神社の行事は正月三が日と初祭まで続き、妻の介護日程の調整が必要である。

介護五年目の元旦、私は七時前に起床する。妻は眠っているが朝食を摂る。元旦祭が九時に執り行われるので八時十分に家を出る。直会前に雑煮が出され当場の引継ぎが行われ、私の地区の役割はこれで終わりである。

ただ、総代の仕事は来年の三月末まで続く。お宮の新年会は仕出し料理で二十三名全員が持ち帰り、あいさつ程度で終わる。帰宅は十一時。その間、悦子はキャンナスが付き添い看てくれる。例年どおり我が家の神仏にお参りして、孫三人にお年玉をあげる。

夕食は次男・三男の手料理でふぐ刺しとふぐちりを食べる。悦子も台所に同席、長男夫婦は孫の一人が発熱のため母屋で過ごす。翌日は悦子の指示で次男が雑煮を作り、お神酒・漬物と共に神仏に供えお参りする。

三日は元始祭、五日は初祭と祭典行事が続く。その都度、悦子の支援計画の調整に悩む。

介護六年目は神社の元旦祭・新年会出席のため八時前に家を出る。妻は三日まで制度による支援がないのでキャンナスが看る。昨夜から子ども家族は大宰府へ初詣に行っている。

次男が昨夜帰省しているが、吸引経験がないので私の留守中の介護は無理である。

二日の朝、年末に雨天でお墓掃除が出来なかったので、キャンナスが見えてから出かける。正午過ぎ、神仏にお酒と嫁が作った雑煮を供え家族全員でお参りする。孫たちにお年玉をあげ新年を祝う。

午後、京都から帰省した従妹が見舞いに訪れる。元気なときに野菜や乾物を送り郷土の薫りを届けたことがある。妻はこの頃まで人と会うのを避けていたが私は案内する。悦子は会える嬉しさとこんな自分を見せたくない狭間にいたのだろう。

三日目も元始祭で神社へ行く。妻を看るのはキャンナス以外にいない。正月三が日が過ぎると子どもたちは職場へ向かう。訪看・ヘルパーの支援はあるが日程が詰まっている。悦子の訪問診療日・お寺講・初祭・自分の歯科検診など、また地区内知人の逝去で日程調整に翻弄される。

介護七年目の暮れの三十日は嫁の友人家族と我が家で餅つきをした。午後は妻の訪問診療日でカニューレ交換をする。「はるかぜ医院」の坪井先生に次回西別府病院の入院期間を短くする希望を伝える。

大晦日の朝はキャンナスが早く来てくれる。孫とお墓参りを済ませ、榊、仏柴、譲り葉、ウラジロを取り持ち帰る。夕方三男も帰り神仏へ家族でお参りを済ませて、刺身とすき焼き、あとで年越しそばを食べる。悦子は十時ごろまで紅白歌合戦を見る。

介護九年目の大晦日、お酒を飲みすぎたのか起床が遅くなり、悦子の栄養摂取が七時となる。従って、白湯の補給時間がなくなり夜八時に百五十ミリ入れる。我が家の元旦行事で、神仏へ雑煮を供え全員でお参りする。今日の支援はキャンナス一人だけで朝と夜に見える。

二日朝は例年通り神社の年中米として玄米五合を集めに来る。今日も支援はキャンナスだけ、宇佐神宮に初詣に行ったらしく土産にたこ焼きを貰う。悦子は午後車椅子に乗りテレビを見る。今年の目標「日々充実」を墨書して台所に貼る。

三日は日曜日であるが「はるかぜ医院」の訪看が見える。キャンナスはいつもの日曜勤務である。私は体調が優れず、かねてより受けていた郷土史研究会の原稿依頼をお断りする。

介護十一年目を迎えた正月、朝神仏にお参りする。今日は訪看・ヘルパーは休みでいつもの煮沸消毒と掃除をする。午後キャンナスから車椅子移乗の援助で、行っても良いと予定にない電話を受けてお願いする。夜はカニューレのガーゼ交換を早めに済ませ、一日無事終了する。二日は訪看が一時間看てくれるので、買い物と車椅子移乗を援助してもらう。三日から訪看とヘルパーが合わせて三時間、夜もキャンナスが来るので年末年始を乗り越えたと安堵する。

介護十三年目の正月、神社の元旦祭後の当場引継ぎで、昨年来の神社地区分担は終わる。「はるかぜ医院」の訪看が昨年より、元旦から朝夕二度看てくれるようになり少し時間のゆとりが出来た。そして、特別に元旦祭出席でヘルパーが一時間入ってくれ、嫁と三人で帰宅まで看てくれる。

参考までに、正月二日目の日誌を紹介します。

「午前中訪看のみでヘルパーは休み、煮沸消毒と昼食摂取は自分がする。車椅子乗降も一人で、妻はテレビの島倉千代子の歌番組を見る。夕方いつもの世話をするが、八時便漏れで再び妻を車椅子に移し、パジャマとシーツを交換する。洗濯まで一時間を要し大変だった。オムツの当て方を工夫するが、漏れは度々あり介護の大きな負担に変わりない」

誕生祝賀会

在宅介護初年、七月一日は悦子の誕生日であり、満七十一歳を迎える。近隣の方が「紫陽花」を持って見えたが、誕生日を知っていた訳ではなく、偶然一致しただけである。

夕方、長男夫婦がケーキを買ってきたので、誕生会を始める。ケーキにロウソクを立て、三番目の孫が悦子に代わって吹き消す。悦子はベッドで拍手し嬉しさを伝える。しかし、なぜか孫はご機嫌斜め。ケーキを食べたら少しは機嫌を取り戻した。

このころの悦子は栄養補給のとき以外にコーヒーやプリンを食べるが、ケーキは無理のようでお祝いの雰囲気だけで口にしなかった。かたくなに人工呼吸器の装着を拒否してい

たが、

「もう一度家に帰ろうよ」

と気管切開手術をしたことは正しかった。幸せなひと時である。

二〇一四年の誕生日はキャンナスがバラの花を持って喜寿を祝ってくれる。孫二人は中間考査で家族の特別なお祝い行事はなかった。悦子も私も節目の誕生日という感覚はない。いつもと変わらず午後一時よりリハビリを受ける。リハビリがあるので訪看は見えず、支援者はキャンナスとヘルパーだけである。

翌日は訪問診療日でコウノトリを再度見る。どうやら夜は山の高い木にとまり休むようである。

二〇一七年は傘寿の誕生日を迎える。「はるかぜ医院」の先生のお勧めで、誕生日前の訪問診療日に肺炎球菌ワクチンの予防接種を受ける。市の補助金五千円、自己負担三千円である。誕生日を迎えても特段変わったことはない。普段通りの一日で午後車椅子に乗り、『新婚さんいらっしゃい』と『笑点』を見る。

在宅介護十三年目の誕生日に心ばかりの内祝いを考える。悦子の病状は少しずつ進行しているものの、緊急入院するほどのことはなかった。

「はるかぜ医院」の存在は大きく、手厚い看護に感謝する。私は支援者のお蔭で介護の傍ら野菜や花を育て、そして少しの地域貢献も出来て何とかここまで来られた。二十三名の方へ心ばかりの菓子のお礼を考える。また支援者の方より悦子へ、パジャマがプレゼントされた。

翌年の誕生日は在宅介護十四年目を迎える。支援者から心のこもったお祝いの品を頂く。当日は呼吸器の扱いについての研修会が予定されていた。呼吸器センターの方を含め十二名の支援者が参加、終了後誕生日を祝い全員で記念写真を撮る。今日まで来られたのも支援者のお蔭で感極まる。

介護中の冠婚葬祭

介護十五年の期間、父の十三回忌そして父母の十七回忌と二十五回忌の合同法要を行った。また、三人の伯叔母と従妹そして三人の義兄弟を亡くす。伯母は市内だが車で三十分、叔母二人と従妹は県内在住で一時間以上の距離にある。

連絡直後の通夜・葬儀は介護で自由に動けない身でほとんどキャンナスに依頼してお参りする。葬儀以外の法事は予め計画が立つのでケアマネージャーに調整して貰った。

一方、妻側の姉と義兄弟は鹿児島と関西の遠隔地である。悦子の介護でご無沙汰している中での訃報、申し訳ない思いがつのるが手紙でお悔やみを伝える。

唯一、二〇一五年の十月下旬、長男夫婦は悦子の母の五十回忌に鹿児島へ出発する。日ごろ会う機会が少ないので、「いとこの集まり」が法要と併せて企画されたのである。

VI　緊張としくじり

人工呼吸器のトラブル

西別府病院転院直後に呼吸器を緊急に装着したが、若し入院が一日遅れていれば命の保証はなかった。悦子の命は人工呼吸器によって守られている、呼吸器の故障は生命にかかわる。十五年間の呼吸器装着に関してのトラブル事例や取り扱い研修について述べてみたい。

人工呼吸器のトラブルは退院後の三年間はなかったように思う。強いてあげれば車椅子移乗で回路の外れ程度で対応も早かったと考える。

メンテナンスは三カ月ごとで、その時々の要望を聞き入れ相談にのってくれ、緊急時でも二十四時間対応は安心できた。

人工呼吸器の電源確保と研修会

二〇一一年六月の最初の訪問診療日にメディック呼吸器センターの方二人が見える。呼吸器の内蔵バッテリーは六時間程で、外部バッテリーは高価で備えていない。購入の話もあったが家には椎茸の駒打ち用発電機もあるので安易に考えていた。自家発電は不安定で呼吸器には繋げないことを告げられる。長男のエルグランド車なら良いらしく二人が点検に見えたのだ。テストは何ら問題なく終わる。

同年八月、呼吸器センターの方により、呼吸器の扱いや非常時の対応の研修会が開かれる。エルグランドの電源接続や自家発電機は吸引機や扇風機用に起動させる体験をする。「はるかぜ医院」の坪井先生、訪看九名そしてヘルパー二名の支援者のほぼ全員が参加する。研修後、坪井先生の助言で呼吸器の予備を置くことになる。

呼吸器のバッテリー故障発生

二〇一一年師走の八日朝七時前、呼吸器のバッテリーが故障、呼吸器の警告音のアラームが鳴る。中優先度アラームでオレンジ色が点滅している。呼吸器を点検するが回復ならず、電源を切ると呼吸器がストップする。中優先度アラームで緊急ではない。母屋の長男夫婦に知らせに行く、外はかなりの雨で嫁が来る。直後に「はるかぜ医院」の訪看へ連絡をする。内容はトラブル発生と予備の呼吸器と交換したいので坪井先生の了解を得たいと要請する。

悦子はカニューレ周辺にかなりの痰・唾液があるのでガーゼ交換をする。本人に呼吸の状況を聞くも異状ない。酸素濃度も正常値で少しは安心する。嫁にアンビューバックを使わせて呼吸器を点検するが最初の状況と同じである。

間もなく先生より呼吸器の予備を使うよう連絡がある。予備の呼吸器と回路を繋ぎ直して正常に作動していることを確認、訪看へ状況を再度説明する。

事故発生後の八時、呼吸器センターへ状況を説明する。午後訪問する連絡を受け、「はるかぜ医院」にも連絡、当日は入浴日であったがいつも通り済ませる。バッテリーも正常に作動する。午後二時、呼吸器センターの方が見えて、内蔵バッテリーの故障と判明、「はるかぜ医院」の先生にも状況説明に行かれる。予備の呼吸器を置いていたので危機を乗り切る。

今回は中優先度アラームで比較的冷静に対応出来たが、赤の点滅（高優先）ならば慌てたと思う。先ず人手の確保、緊急時は呼吸器の対応が優先するので、その合間で電話がかけづらい状況にある。

故障発生の状況をリアルに伝えることが出来たのは、翌日キャンナスが「呼吸器故障の対応事例メモ」を支援者にも知らせて欲しいと、日誌以外にパソコンに残していたからだ。

呼吸器の機種変更を勧められる

二〇一二年一月十七日は入院日、天気も回復して小春日和で介護タクシーに、訪看が付き添って病院へ行く。入院後、病院が扱っている呼吸器と交換すると伝えられる。悦子が使っている呼吸器は元々病院の物と同じだったが、今病院が使っている呼吸器は別会社の物だ。どうやら前の呼吸器に不具合があったらしい。

私は悦子が使っている呼吸器が安定しており、入院中も今と同じものを望んだが、設定条件が同じであり、看護師も扱いが慣れている病院使用の呼吸器と交換させられる。交換した呼吸器はコンパクトではなく車椅子など簡単に乗れない。調べてみると幼少者の使用が多いようだ。

悦子は交換した当初体調に変化はなかったが、私は不安を感じ担当医に早期の退院をお願いする。翌日は採血を済ませて、レントゲン検査と胃ろうボタンの交換予定である。午後呼吸器が合わず苦痛の顔を見せるが病院にお任せして、悦子の希望でデパートに薄い毛布を買い求め、かけてあげると「暖かい」と満足の様子だった。

翌日、呼吸器の様子を「はるかぜ医院」の先生に説明する。入院五日目も定刻に家を出る。土曜日で看護師の数も少ない。悦子の要望も家に居る時より少ないが、呼吸器の不快を訴える。心拍数や酸素濃度の数値は悪くないが呼吸器との調和が原因だろう。

病院側は悦子の呼吸器を病院と同じ機種に変更することを勧めるが、我が家にとって今まで何ら不都合はない。機種変更は寝たきりなら問題ないかもしれないが、車椅子を使うので回路が邪魔になりむしろ危険である。

今後の呼吸器について「はるかぜ医院」の坪井先生、訪問看護師、呼吸器センターの方を交えて継続を決める。十日間の入院中は病院のものを使ったが退院日の朝、元の呼吸器に替えて病院を出る。

胃ろうボタン交換は半年ごとで、今年二度目の入院は六月二十六日で三日目の出来事である。入院中は管理上病院の呼吸器を使う。悦子が入浴を済ませ病室のベッドに戻った折、呼吸器のトラブル発生、看護師が慌ててアンビューを出す。こんなことは家ではなかったのに、この呼吸器は何かと問題がある。

次回から入院が短期でもあり、家で使っている呼吸器を病院でも使う配慮をしてくれる。はっきり記憶にないが病院の呼吸器も元のメーカーに戻っていた。

二回の停電も呼吸器に影響ない

二〇一四年二月十八日、前日からの雪で県内陸部の高速道路は通行止めが多い。自宅周辺は曇り模様で、雪もないので切干大根を干していた。ところが、夜の十時ごろ二回の停電がある。在宅介護初めての経験である。嫁と孫が心配して悦子のところに来てくれる。

幸いにも三十分程度の停電で呼吸器に影響ない、おそらく雪による停電と思う。深夜の長時間停電は困るが、一、二時間程度なら内部バッテリーがあるので問題ない。ただ、停電は不安で回復時間の目安が分かれば対応も出来る。

呼吸器の回路トラブル

呼吸器本体より回路にかかわるトラブルが多かった印象がある。その原因は十五年間ほぼ毎日二時間ほど悦子を車椅子に乗せていたからと考える。最初のころは人工鼻だったが、加湿器使用でトラブルが多くなったように感じる。先ず、回路が一つ増えて煩雑である。勿論、車椅子に乗るときは回路を和服用のベルトで留めているが、他の箇所が外れることがある。以下トラブル例を紹介します。

二〇一二年お盆入り前日の日曜日、支援者がおらず私一人で悦子を看ることになっていた。午後一時ごろオムツ交換中に突然呼吸器のＶＴＩ確認の警報が鳴る。「はるかぜ医院」

の訪看、キャンナス、呼吸器センターへ連絡。気道内圧チューブが外れているのに気付くのが遅く対応に慌てたのだ。のちに「はるかぜ医院」の訪看二人とキャンナスが見える。緊急時の対応に課題を残す。

翌年の三月の出来事である。一カ月ごとの回路交換では訪看にアンビューなどで手伝う。交換後気道内圧が高めで気になっていたが、二日後も訪看・キャンナスも気付かずにいた。私は散髪に行き帰宅後気道内圧が二五〜六と高いので、回路の設置図を広げて見直すと人工鼻を繋ぐ位置の誤りに気付く。措置後呼吸器センターへ電話を入れ観察、一時間後数値は正常に戻った。

構造上回路の接続が違わないよう接続部の大きさを変えているが、今回はうっかりミスだ。仮に回路を繋いで二つを見せても即座に違いは気付かないだろう。後日交換した看護師が悦子に謝りに見える。ミスは誰にもあることだが、呼吸器は命にかかわることで慎重さが要求される。確認の大切さを痛感する出来事だった。

二〇一四年の三月下旬、入浴前に回路のエアー漏れに気付く。悦子は異変を感じていたが、自分の体調不良と思っていたようだ。

一カ月後も同様な事柄が発生する。私はデパートに買い物に行く計画で妻をキャンナスにお願いする。出かけていたが、回路の異状で連絡がある。途中引き返して回路を細かく点検する。針で突いたような小さな穴から、かすかにエアーが漏れている音がする。訪問看護師へ連絡、回路交換して事無く終わる。

デパートへ再出発、運の悪い日は重なり店休日である。事前に調べておればと反省しきり、他店で簡単な買い物をして帰る。後日、呼吸器センターの方が見えて生産過程で出た欠陥品らしかった。

このことを伝え聞いた、難病支援専門員は、

「あってはならない事だが、人が作る物なので時にあることで、今後に生かす学習と考えて欲しい」

「悦子さんの言葉から回路が原因とは判らないまでも、換気量が少ない時もあったかもしれないね」

と、訪看記録にある。

二〇二一年五月下旬、呼吸器に加湿器併用中である。車椅子で庭を見てテレビ側へ移動中、回路が外れた警告音が鳴る。私が点検しても見つからず訪看へ連絡する。訪看が呼吸器センターへ連絡をとって指示通り対応して回復する。加湿器併用で車椅子移乗はとかく回路トラブルが多い、その間アンビューバック使用は言うまでもない。

アンビューバックを使い救急車で緊急入院

二〇一八年二月二十七日は定例の訪問診療で「はるかぜ医院」の坪井先生によるカニューレ交換日である。気道内圧高め傾向で排痰補助装置を使うので、先生も参加して支援者十一名で研修会が計画されていた。

研修終了後、カニューレ交換をすると急激に気道内圧が高まり、警告音が鳴り止まずアンビューバックを使う。先生の判断で入院、救急車を手配して訪看と私が同乗する。勿論、呼吸器を外してアンビューばかりが頼りである。頭では理解しているが病院まで一時間半、訪看と二人だけで大丈夫かと考え、救急隊員にもアンビューの使い方を教えて三人体制で病院に到着する。玄関に着くと受け入れ態勢は万全で、西別府病院神経内科医師で主治医の後藤勝政先生と看護師数名が待機されていた。

診断の結果、カニューレのサイズが合致してなかったようだ。交換して気道内圧も正常値に戻る。カニューレは外国製でこのほど規格変更があったらしい。個人的な見解であるが、そもそも日本人の体形に合致しているか疑問である。医療機器の先端をいっている日本で人工呼吸器の生産がないのが不思議である。

気道内圧高くカニューレの交換

二〇二一年初めての「いきいきセルフケア教室」で気持ち良く運動して帰宅する。吸引するも痰がとりにくい、排痰補助装置を使うも改善しない。翌日も同じ状態が続き気道内圧が高い。訪看を通じて「はるかぜ医院」の往診をお願いする。午後、先生が見えてカニューレ交換をする。予想通りカニューレ先端部に痰の粘着があり、その後気道内圧は改善する。

メンテナンスで呼吸器交換の翌日に不具合

呼吸器のメンテナンスはほぼ三カ月ごと点検に見えられる。当日は訪問診療日で呼吸器センターの方も呼吸器を交換して帰られる。翌日の夕方、訪看がオムツ交換時に呼吸器の圧が上がらず原因不明、アンビューバックを使用して呼吸器センターへ連絡、担当者は福岡へ帰宅途中であったが、午後七時三十分に来て頂き呼吸器を交換する。その後、訪看も遅くまで居てくれるも異常はなかった。前日に交換した呼吸器に何らかの不具合があったようだ。

入浴準備中に気管チューブのカフ圧部の破損

二〇二二年三月十四日、浴槽にお湯を入れている間に、私も協力してパジャマを脱がして準備をする。下着が邪魔したのか、気管チューブとカフ圧部が繋がっているところが切れて、カフ圧のエアーが抜け始める。「はるかぜ医院」の訪看へ連絡するも訪問中で、携帯電話は圏外、連絡出来ず事務室に状況を説明する。

急を要するので私がカニューレ交換を決意する。在宅介護研修で主治医より手を添えて、カニューレ交換をしたがそれも十四年前のことだ。入浴の看護師にアンビューをお願いして、予備のカニューレを使い事無く終わる。あとで、訪看も見えて安堵する。

吸引器は十五年間で三度交換

人工呼吸器は医療より提供されるが、吸引器は自己調達である。高価であるが助成金があるので助かる。バッテリー内蔵で災害や停電時に対応出来る。二〇一一年三月の東日本大震災の教訓で、バッテリー残量減少が早いことから翌年機種更新する。また、二〇一七年七月に九州北部豪雨で県内日田地方も甚大な被害を受け、支援者から吸引力が弱っているので機種更新を提案される。取得後五年経過しないと助成金が出ないことを市役所から知らされ延期して、二〇一九年に三機目を購入する。

排痰補助装置の導入

二〇一九年四月、排痰補助装置を常備する。人工呼吸器と同じ医療機器で「はるかぜ医院」の坪井先生の判断で導入する。以後定期的に、午前中に見えた訪看が使用する。私は特に痰が取れにくいときに使う程度である。

失敗と反省

ヘルパーの介護記録に「ヒヤリ」「ハット」報告欄があるように、十五年間の介護では多くの失敗があった。いずれも大事に至らなかったが、人工呼吸器装着は少しのミスでも命にかかわる。介護に緊張感を持って臨んだつもりでも長い間の慣れや思い込みまた、予期せぬ災害に出会うこともある。失敗を教訓としたい。

車椅子移乗後の大失敗

二〇一一年五月、当日の朝は悦子を車椅子に乗せて台所から孫の登校姿を見送った。午後は訪問診療日でカニューレ交換日も支障なく終わる。その夜、悦子を九時過ぎに二度目の車椅子に乗せて、うたたねで眠り込み気が付いたのが午前二時半である。悦子は車椅子でベルが届かなかったようで大失敗である。気道内圧も二十二の高圧を示していた。
「ごめんごめん」
とベッドに移す。無理もない、自分は早朝に起き眠くて疲れもあった。

退院日に病院玄関に忘れ物

二〇一二年七月四日西別府病院退院日、いつものパターンで長男の車に訪問看護師が付き添い、私が荷物を乗せて後を追う。途中大雨、ふと見ると呼吸器の台座が乗っていない。引き返そうにも高速道路に入り引き返せない。次のインターチェンジで乗り換え病院に着くと玄関先に積み忘れている。安心するやらふがいなさを恥じる。妻の乗った車に三十分遅れで家に到着する。午後「はるかぜ医院」の往診日で気道内圧が若干高めも変化はない。夕方いつもの車椅子に一時間乗る。

入院日の大失敗

二〇一七年二月、入院に際して前日からキャンナスの手を借りて点検しながら準備する。当日はいつものように長男の車に看護師が付き添い私は後を追う。病院到着後、荷物を降ろしていると吸引器が乗っていない。病院に着いた今は良いが、途中吸引が必要だったら命に係わることだ。大失態である。家を出るときは見送りもいて確認がおろそかになりやすい、肝に銘じる。

夕食の栄養途中で眠る

同年六月中旬、花菖蒲の株分けを始めて四日目で、かなり疲れが溜まっていたのか、栄養摂取の途中で眠り込んでしまう。夜間訪問のキャンナスが見えたからよかったが、目覚めたのは深夜の一時である。キャンナスの夜間訪問まで気付かないことは前後して再々あった。

呼吸器の電源入れ忘れ

二〇一八年十月初旬、リハビリ後の車椅子から降ろし、いつものように就寝する。深夜突然の呼吸器の警告音、電源を入れ忘れたのである。私を含め三人の確認見落としであった。このようなことは記録に全ては残されていないが、在宅介護中相当数あったと思うが大事に至ってない。

反省

介護四年目の四月の夜、

「再々のベルで起こされノイローゼ気味になる」

と記載が残る。確かに、悦子の指示はこのごろまで頻繁にあった。在宅介護を覚悟で家に帰ったのに、妻に当たってはならないと思っても疲れがあれば冷静になれない。呼びベルだけではない。深夜の大量の便でパジャマやシーツを汚すことが続けば、つい悦子に愚痴を言うことがあった。

しかし、介護年数も経ち病状が進行して徐々に妻の発信が少なくなって、自分の愚痴を反省する。悦子はＡＬＳの難病を背負い私と家族の為に生きてくれていると思えば、つい涙ぐんでしまう。

不覚

介護三年目の五月下旬、ヘルパーが見えたので隣町にトマト苗の買い物に出かける。何時までに帰宅しなければと先走り、率直にスピードなど頓着なかった。旗が降られ停止命令、車に乗せられ、

「急いでいたのですね」

と事情を説明するよりも、

「こんな直線道路でしかも障害物も無いのに五十キロ規制がそもそもおかしい」

と取り締まり官に言う。

「お宅はまだ良いですよ。前の方はもっと出ていたので罰金も高いですよ」

となだめられ、書類に指紋サインを求められる。今まで軽微な違反はあったが今回のようなことは初めてである、恐らく免停は免れないだろう。しかし、冷静に考えれば事故を起こし、他人を傷つけても自分が怪我をしても介護は出来なくなるのだ。

東日本大震災とその後

二〇一一年三月十一日、私は深夜の二時起床が日常となっており、台所の椅子で仮眠していた。キャンナスが、

「地震」

とテレビ画面で知らせる。午後二時四十六分、M八・八、観測史上最大の三陸沖の大地震である。津波の様子が次から次へと放映される。津波で数百人死亡の模様とテレビが伝える。後日の報道で死者・行方不明者二万二千人以上と知る。大規模災害である。

同月末、災害の影響でエンシュアの缶入りが無くなりパック製品に変更になる。大地震

の影響が介護生活まであることを認識する。

伊予灘地震

二〇一四年三月十四日早朝二時過ぎ、M六・一の地震、市内は震度五らしいがかなりの揺れである。既にコーヒーを入れていたがサーバーが落下して割れる。悦子も揺れで目を大きく開けている。揺れが収まるまで妻を覆うように両手を広げていたが、冷静に考えれば梁が落ちればひとたまりもない。幸いにも停電にはならなかったが、明け方庭を見たら灯篭の一部が破損していた。

台風十五号襲来

翌年の八月二十五日、午前七時十二分停電、嫁が駆けつけてくれる。呼吸器のバッテリー残量が五十％以下になったら、車のエルグランドから電源をとることにする。停電直後、九州電力からバッテリー持参の電話があるも事情を話して回復を待つ。午前九時四十五分回復、国東保健部や訪看から電話をいただき、ヘルパーは平常通り見えられた。

思い出に残る同窓会長と釣りの師匠

二〇一九年、母校の元同総会長で歯科医師のK先生の逝去である。悦子の介護で数年ご無沙汰していたが残念な知らせを受ける。私が母校に勤務していたころから懇意にして頂いた。我が家の新築祝いにも足を運び、妻ともよく話をしてくれた。新築祝いに見えたのも、木材の多くは先祖が残した木を使っている。自分一人で出来たのではない、今も妻と植林している話を度々した経緯がある。その後、先生から、

「県内の玖珠に山林を買った」

と話を聞き益々近親感を覚える。先生には教え子の選挙のときにも多大な支援を頂いた。

あと一つは昨年の九月、台風十一号接近も朝方五分間の停電で大きな影響はなかったが、朝刊で北九州大名誉教授のI先生の逝去を知る。私の釣りの師匠で遠投を覚えたのも先生のお蔭である。しかし、先生は大きな事件に巻き込まれたことがある。一九七七年九月二十八日、ダッカ日航機ハイジャック事件の人質となり、「一人の生命は地球より重い」と福田赳夫首相によって超法規的に解放されたことを思い出す。諸先輩が亡くなり寂しく時代の移り変わりを感じる。

Ⅶ　コミュニケーションと病状

思考・感情・記憶力

ＡＬＳ患者は思考・感情・記憶力などは侵されないと言われている。介護日誌でそれが感じられるところをたどってみた。

介護一年を経過したころ看護師に筆談で、
「夫は、疲れた、疲れたと言うの……手も足も痛がるの」
「私が入院した方がいいと思うの」
「五時の朝食が起きられないので、六時三十分になるの……吸引も中々してくれない」
「車椅子も移るのが大変になった」
「何度も、死にたいと考えるけど難しいよねえ」

運動機能が失われていく壮絶な闘いを秘めて生きる日々である。そのような中で症状の進行について心配する記録がある。まだ、悦子は筆談が頻繁に出来る状況で訪問看護師に、

「自分は植物人間になるの？」

と問うていたようだ。たぶん訴えを聞いて困惑されたと思う。ある訪看は自分のプライベートな話を聞かせて、「人間の生きる」ことを考えたようだ。

このように思考・感情・記憶力は維持されるが、それを表現する手段、すなわちコミュニケーション方法が保証されていることが前提と考える。悦子の場合、介護五～六年目まで筆談が可能で情報発信をして来たが、そのころより私を含め支援者は感情や気持ちを汲みとることが難しくなった。

訪看やヘルパーは筆談が出来なくなると、

「悦子さんの気持ちを知ることが出来ないか」

といろいろな方法で試してきた。ALSの運動機能低下には現段階では太刀打ちできないが、コミュニケーション方法については克服できると思う。ただ、入院や在宅介護とそれぞれ条件が異なり個人差もあるので改善が期待される。

筆談で指示頻繁

介護四年目、寒い七草がゆの日が過ぎて、姉妹にみかんを送るよう筆談で伝えてきた。我が家も悦子が嫁に来たころは母を中心にみかんを出荷していた。勿論、悦子も手伝っていたが母が亡くなり価格下落で止める。

早速、かつて我が家で作っていた同じ品種の「青島みかん」と箱を道の駅で買い求め、自家用の椎茸が少し生えていたので一緒に箱詰めする。

同月に近隣で母の友人が亡くなりお悔みに行き翌日葬儀に参列、ご霊前にお供えしたことを報告。即座に、

「金額が多すぎる」

と筆談で返答する。

「父のときはそれより少ない香典しか貰ってない」

後日調べたら悦子の言う通りである。この方の命日も数年後に妻から聞かされた。私に記憶がないことも覚えている。このようなことは元気なときも感じていた。ALSとなった今も何ら変わることがない。ただ、意思を伝えることが出来るか否かである。

数日後の日曜日、今年一番の雪で庭一面が真っ白である。その日は「お寺講」が予定されており、私に代わり嫁がお寺に歩いて行ってくれる。日曜日で支援はキャンナス一人、三日後は胃ろうボタン交換で入院が控えており、その準備をしてくれる。不器用な男世帯では衣類準備など分からない。

悦子の指示ではないが翌日バラ寿司を作る。神仏に供えたことを報告すると、近所の一

人暮らしの、

「友達にあげて」

と言うので届ける。身体は動けなくとも、思考は元気なときと少しも変わらない。

命日や誕生日の記憶は得意

介護四年目の五月、このころ私は腰痛で悦子の車椅子移乗やオムツ交換に苦労していた。「はまゆう」の訪問看護師が腰用のコルセットをお世話してくれた数日後、私は介護がきつく他の仕事は休んでいた。悦子が、

「明日は母の命日」

と筆談で知らせる。早速、仏壇の花を替えて悦子が言わんとする準備にかかる。妻はお供えを忘れないでと注文しているのは間違いない。

翌日はお墓に芍薬の花を持ってお参りする。妻が元気なときは命日に巻き寿司を作っていたので私も作り、お墓と仏壇にお供えをした写真を本人に見せる。今回だけではなく、介護期間中はよく写真を撮って悦子に状況を説明してきた。

巻き寿司は仲良しの隣人と支援者におすそ分けし、孫三人が来て夕食を共にする。夜は私の腰を揉んでもらう為、「てもみや」に来てもらう。

同月十八日、一番上の孫が私の夕食を運んで来た時に悦子が、

「明日は智君の誕生日」

と筆談、本人も気付いて相槌を打つ。妻の記憶力には頭が下がる。

同じく七月二十七日、朝、

「今日は嫁の敦ちゃんの誕生日」

と知らせる。日誌に記憶力には感心すると記している。同じようなことは枚挙にいとまがない。

介護六年目の五月五日朝、

「今日は去年姉妹が見えた日」

と知らせる。まるで、私のカレンダー代わりである。日誌を紐解いてみれば、介護初年から六年目まで「母の命日」を知らせる記録はあるが、以降見当たらない。筆談が出来なくなり、コミュニケーションがとり辛くなったのである。

正月二日雑煮を仏様にお供えをして

介護五年目、悦子の指示の記録を見付ける。調理職の次男が帰省しているので、

「自分が雑煮を作ったようにお供えしてお参りしなさい」

とのことである。昼前になったが言われた通り、次男が雑煮を作りお酒と漬物を供えてお参りしたことを報告する。

悦子は朝食と薬いらぬと言う

介護六年目の五月十七日朝のことである。原因は不明である。想像の域だが、このころ私は椎茸の駒打ちで疲れて、車椅子に二時間以上放置したことや妻のそばで寝込むことが多かった。介護の不満なのか判断出来ない。キャンナスに来てもらってどうやら誤解のようだとわかった。コミュニケーションがスムーズに出来ない。今年になって筋力が衰え筆談も出来なくなった。

このごろ指先が鷲手の様相を示しており、キャンナスが西別府病院の研修会に参加して対応を考えてくれるも即効性は乏しい。

ただ、指の動きとは違って記憶力だけは劣っていない。

キャンナスを褒めるのはＮＧ

私は制度で支援出来ない部分を繋いでくれるキャンナスの存在を有り難く思っていた。妻の前でも「神様」「天使」と感謝の言葉を度々発していた。悦子も内心は私と同じだったと思う。しかし、私が疲れて眠り込み食事や吸引が遅くなると悦子は支援者に度々愚痴をこぼすこともあった。そんな日常の中でキャンナスが私の介護軽減の為と思ってした事、例えば台所の食器の片付けや戸棚の開閉を好ましく思わないようになってきた。介護十年目の八月より一時期支援を離れるとき、

「訪問を止めないで欲しい」

と泣いて訴えたことなどがあった。

本来、自分がしてきたことが出来ない現実の葛藤がある。妻の前や離れた場所でも支援者と私が二人きりで話をせず、長話をしないことに配慮する。

五感

視覚などのいわゆる五感は健常者と何ら変わることはなかった。在宅介護で心がけたことの一つに、今まで悦子と二人で取り組んで来たことを振り返りたいと思っていた。

悦子はよく写真を撮っていたが写真屋さんがくれる簡易なファイルで保存、その数は半端でない。年月順になっているが種々バラバラで見る気さえ起こらない。

昨年の十月ごろより、はじめに書いた「穏やかな日々」の項目別に整理を始める。新しいアルバムを買い求めて、例えば「悦子の菊作り」、「野菜作り」、「庭造り」、「孫と悦子」

など七冊を作成する。幸いなことに撮影月日は写真に載っているのが多くて助かる。

「シリコンバレー訪問」は在宅介護を始めてから作っていたので、悦子に見せて支援者と話題にしていた。新しいアルバムができ次第ベッドそばで悦子と思い出にふける。アルバムが話題の中心になることが多く、楽しい一日を過ごすことが出来た。

また、車椅子のことは記述の通りだが、自分たちで造った庭を見せる目的もある。四季折々色を変え香りも放つ。はじめは庭に出ていたが、スロープを取り付けるのが面倒で部屋から車椅子で庭を眺めるのが日常となる。天気が良いときは窓を開放して、花の香りを部屋に取り込むときは清々しい気持ちである。

味覚については全く変わっていない。本人は食べたいと願っても、誤嚥性肺炎を心配して嗜好品以外口にしてないので日誌にあまり記載が見られない。

「腕に触れたり」「手を握ったり」したが筋力の低下は感じるものの、触覚について日ごろ意識していないので考えたことがない。聴覚については音楽療法で記載している通りで、悦子は演奏者や支援者の方々に感謝していると思う。私は、

「病状の進行を遅く願い、残る機能を生かす」ことをいつも考えてきた。

残された機能を生かす

在宅介護で自分に出来る二つのことから実践した。二十四時間寝たきりではなく、生活リズムを作るうえでも車椅子に乗せて庭を見せること。あと一つは部屋に花を活けて季節感を味わうことである。悦子が望んでいることと同じ思いだろう。

しかし、車椅子は少しのリスクがある。悦子も高齢で若し怪我をさせたら取り返しがつかない。骨粗しょう症については過去に検査していたので大して気にかけなかった。

最初のころは私一人で車椅子の乗降をしていたが、介護六年ごろより妻の筋力の衰退が顕著になり手助けが必要になる。支援者を依頼したいが時間に制限があり急には出来ない。当面キャンナスに土日の移乗手伝いをお願いする。

また、訪看は直接私に言わないまでも、

「本人の身体的負担」があり毎日の車椅子は望んでいないようだ。介護十三年の十一月より、意に沿って入浴日はやむなく休むことに同意する。

さて、私が車椅子にこだわったことは、悦子は運動機能が失われたが視覚や聴覚は健常者と同じである。車椅子に乗って庭を見れば四季折々の季節感を感じることが出来る。しかも、庭は自分たちで造って一つ一つ思い出がある。

庭の中央部にあるしだれ桜も、元気なとき耶馬渓や院内の各地を見て回り、自分の庭にも植えると胸を弾ませた思いが詰まっている。

斑入りの欅は悦子が久留米の植木市で買い求めた。何故か斑入りを好み、他に柳と椿そしてツワブキが見られる。欅は当初一メートルほどだったが、私が登って剪定するほどまでになった。でも、木の性格が分からず剪定を強くした為、同年秋に枯れてしまい大失敗した。

しだれ梅は二月にピンク色、トキワマンサクも春に赤い花を咲かせる。玄関先のニオイバンマツリも悦子が植えて、五月母の日ごろ咲いて匂いを感じさせる。金木犀は業者が植えたものだが秋に香りを放つ、もみじや西洋岩南天の紅葉、冬の山茶花にはメジロが度々飛んで来る。正月前には寒さに負けず蠟梅が匂いを放ち咲き始める。

草花や庭木が好きで世話をしてきたのだから、一年を通じて庭を見ても飽きることはない。悦子の視覚と臭覚を刺激させたい思いである。庭を眺めたあとはしばらくテレビを見る。寝てもベッドを起こせば見られるが、車椅子は自由に近くに行ける。

日曜日は『笑点』や『新婚さんいらっしゃい』など好んで見ていたが、動きのある場面が良いのではと「相撲」のある日はよく見せていた。

コミュニケーション方法

ＡＬＳは運動機能だけでなく、人工呼吸器装着でコミュニケーションの障害が生まれる。悦子の場合、入院間もなく気管切開して呼吸器を装着したので考える余裕すらなかった。

それよりも手術の無事と命の保証しか頭にない。生きていれば、

「会話が無くても妻が居るだけで良い」

と思っている。手術も無事終わり部屋に帰ってくると、「ことば」が無くとも表情が見て取れ安堵する。

筆談

手術後の悦子は未だ、腕や手の筋力は衰えておらず動きは素早い。長男が筆談用具を買ってくる。「書いて直ぐに消せる」シンプルな用具であるが使い勝手が良い。書いたものを早く読まないと、消すのが素早い。

「えー何だって」

とまた、書かせたことも何度かあった。

手が動き「しぐさ」で合図

退院二十日後、ヘルパーが昼食栄養の「ラコール」を誤ってこぼすことがあった。悦子に謝ると「ＯＫ」サインをだしてくれたと記録されている。手が動けばコミュニケーションもとれる。同じようなことは七月初めにもあった。悦子は呼吸器の状況を知っており、ヘルパーに、

「雷が鳴ったら、呼吸器の電源を切って」

と、「しぐさ」と「筆談」で伝える。

パソコンで文字をタッチ入力

在宅介護二年目の暮れに妻専用のデスクトップ一体型パソコンを購入する。コミュニケーションよりも手紙文作成用にと備えたものだ。指も動くのでマウス操作は十分できる。しかし、慣れていないので長い文章入力は目の疲れも加わる。

便箋一枚入力するのに一日以上かかる根気のいる作業である。パソコン操作は敬遠する人が多い中、当時七十二歳で療養中の悦子に強いるのは過酷な作業である。妹にあてた手紙文はこれが最初で最後となった。

意思伝達装置「伝の心」

入院中から看護師長や難病支援専門員から、「伝の心」の検討を勧められていた。人工呼吸器装着のＡＬＳ患者の場合、ベッド周辺部には必ず呼吸器がある。頻繁に吸引をするので周辺部に物がない方が良い。私はコミュニケーション機器よりも設置場所に重きを置いていた。使用していない時、前にあれば圧迫感がある。パソコンの固定台も市販品は個別の要求に応えづらい。

入院患者で使用中の方がおられ見せてもらうことにした。その方は悦子より若い男性でパソコン操作も比較的慣れている。ベッドの移動テーブル上で操作、モニターは前方にアームで固定されている。「伝の心」はソフト一体型のパソコンで使いこなせば良いが、悦子の場合はパソコン初心者である。病状が進行していく可能性が大きい中では、今から学習するのは難しいと感じた。

筆談用具から「文字盤」使用へ

在宅介護四年目ごろより指で文字が書けなくなり、筆談が困難になって透明のアクリル板で五十音の文字盤を作成する。

悦子の要望を「文字盤」で尋ねるので時間を要する。その後、厚紙に次のような「短文」を書いて指で指す工夫をする。

■吸引して下さい
■目薬をさして下さい
■カニューレの横から唾液が漏れている
■おむつの交換をして下さい
■布団をかけて下さい
■足を伸ばして下さい
■テレビのリモコンをとって下さい
■メガネを取って下さい
■ナースコールを取って下さい

更に頭文字で支援者が判断する。

■あし↓伸ばす又は曲げる
■あたま↓枕の具合を調節する

■あつい↓暑いのでエアコンを入れる
■かゆい↓かゆいので薬、どこが？
■カニューレ↓痛い、状況で判断
■吸引↓吸引する
■くち↓唾液をとる
■こおり↓氷枕の交換
■しっこ↓尿のオムツ交換
■べん↓大便
■ベル↓ベルの位置調節
■テレビ↓NHK、OBS
■ラジオ↓ラジオをつける

また、番号で支援者が判断する。

①吸引　②足　③頭　④口　⑤手　⑥ベル　⑦TV

「文字盤」はA3サイズで手に持ってかざし、片方の手で文字を指す。しかし三文字程度は覚えることが出来るが、文字が多くなるとメモを取らないと聞き取れない。「短文」をかざすにも、「文字盤」やメモ用紙があり煩雑で聞きとりが難しく本人も支援者も根気がいる。

ウェブカメラを設置

介護五年の二〇一二年二月、介護のコール問題で悦子のベッドにウェブカメラを設置してみる。悦子が動けば私の携帯電話にコールが届く仕組みである。文明機器を組み合わせた方法であるが、誤作動があり一カ月程で止める。

「心たっち」を購入

同年七月にコールとコミュニケーション方法の試行錯誤の段階で、「心たっち」を購入、ソフトをインストールして準備する。パソコンは使用時にベッド脇に移動するため、普段は目の前にないのでベッド周りはスッキリしている。しかし、今までの自作「文字盤」より半分の大きさで悦子は見にくいようだ。アクリル板が動いてペンも指し辛い。いろいろ試みるが今の悦子には無理のようで、シンプルな自作「文字盤」に戻る。

後日、業者に相談に行くも代表の奥さんは私の教え子であった。世の中の狭さを感じる。悦子とのコミュニケーションが上手くいけば、気持ちや希望も詳しく聞くことが出来る。介護で一番の課題である。将来脳波で知ることが出来ないかと夢みたいなことを考えた。

目の動きでYES・NO表示

「文字盤」を使わない方法も、再々試みるが根気強さが要求される。「口文字」は方法だけ学んだが、無理と決めつけ練習もしなかった。コミュニケーションは「YES」「NO」で出来るので、目の動きで判読する方法を試みる。

介護十年目の四月二十二日意思伝達の練習を開始。

目玉を右に動かせば「ハイ」

左なら「イイエ」と、

更に右は「良い、快適、お願いします」

左は「悪い、不快、止めて」

などの約束事を決めて始める。質問に目玉を動かすには根気強い練習が必要で、支援者も協力して取り組むがかえって疲れる。自分も目玉を動かしてみたが簡単ではない。中止もやむなしである。

目が駄目なら、うちわを使って「YES」「NO」表示して意思伝達を試みる。目の動きより本人の負担は軽いがなにぶん根気がいる。本人が答えるより先に、つい言ってしまい会話が続かない。コミュニケーション用具や機器を使う場合は本人の努力と支援者が一体となって取り組まないと成功しないと感じる。

自作の「文字盤」に戻る

以下使用の状況を抜粋して紹介する。

介護六年目の一月十五日午後、訪看のメモ書きより。

「おしっこ◯いっ◯い◯たの」

何だかクイズみたいだが、訪看におしっこがいっぱい出たことを伝えたのである。

訪問記録に、

「複雑な言葉が出る」

と記されている。

介護七年目の二〇一四年二月二日、西別府病院入院中の出来事である。当日は「別大毎日マラソン」で道路規制があり、病院到着が少し遅くなる。病室に入ると、悦子が看護師に何か言っているが意思が伝わらずにいた。私が「文字盤」で通訳をする。看護師の大便の処理に、

「ありがとうと言いたかったのですよ」

と話すと、二人の看護師が感激して下さった。コミュニケーションが出来なければ、感謝のことばも伝えることが出来ないのである。

同年三月二十四日、「人工呼吸器のトラブル」編に記載しているが、午後訪れた訪看に、

「まさしさよならいった　こども　なまえよんだ　なけてきた」

と聞き取りのメモが残っている。入浴前に悦子は異常に気付いていたが、筆談が困難になり複雑な思いが伝えられず自分の病気と思っていたようだ。

同年十月には訪問看護師に、

「まさし　けつあつ　わすれた　こまる」

と、伝える。

二〇一五年二月二十三日に西別府病院入院を前に、

「いろうの　◯◯んは……」

訪看の判読は、胃ろうボタン交換の入院で日帰りは「いや」と言う内容であった。

同年八月十八日訪看記録に、久しぶりに「文字盤」を用いるが、

「まむん◯……」

と聞き取りが難しくなる。以後、「ことば」をかけて目の表情などで判断することが多くなった。

病状の記録

在宅介護一年目（二〇〇八年）

■六月五日退院の翌日

九時三十分に訪看が見えて在宅看護がスタートする。研修を受けた訪看で何ら不安はない。車椅子の移乗も悦子が身体を少し動かしてくれてスムーズである。

■ポータブルトイレの練習

移動に本人が協力するので訪看一人で対応出来るが、長続きせず「オムツパンツ」に依存するようになる。

■排便困難の症状

退院後は平穏に過ごすが、便秘気味でカマグや緩下剤の調整に四苦八苦する。

■新聞を広げて見る
退院一週間後の介護アルバムに、悦子がベッドで新聞を広げて見る写真がある。当日のヘルパー記録に、

「ひと通り読まれる」

と書かれている。
■火照り
室温が少しでも上がると火照り傾向、氷枕を交換する回数が多くなる。
■車椅子の行先を希望
車椅子移乗後は台所や書斎など部屋中を回っていたが、ヘルパーに移動先を畳の部屋へと希望を伝える。
■シャワー浴から入浴車へ
悦子は世間体を気にして入浴車を嫌い、シャワー浴を始める。訪看一人で入浴用の車椅子移乗も出来るがヘルパーがいるときは二人体制でする。寒くなり十二月四日より本人の希望に沿わない入浴車となるが、ゆったりお湯に浸かれるので本人も満足する。暮れの二十九日は入浴を済ませて新年を迎えることになる。退院後も熱も出ず理想通りの在宅療養が出来た。

介護二年目（二〇〇九年）

■らく飲みでジュース

正月三日、暮れに頂いたパイナップルでジュースを作り、らく飲みで食する。経管栄養でも嗜好品は口から味わっていた。ただ、らく飲みの注ぎ口の角度が本人と合わず、多種買い求め未だに水屋に眠っている。

■火照りの対応

悦子の訴えや表情を読み取り支援者が「寒いのに窓を開け、氷枕を調節する」などの工夫が見られる。それでも治らないとき本人のそばに座っている。しかし、ほぼ一時間で笑顔がもどることが多かった。

■心房細動

三月初旬ごろより胸部不快を訴えることが多くなり、訪問診療で心房細動発作の薬を処方される。

■結膜炎症状

三月下旬、目の充血が見られる。本人は、

「テレビの見過ぎかな」

と伝える。訪問診療で目薬を対処する。

■四月中旬の訪問診療
かかりつけ医の坪井先生からの要望で「睡眠」と「火照り」を支援者が五段階表示を始める。
■平穏な日々
テレビや新聞を見たりすることが多い。中には疲れて顔を新聞で覆って寝ていたなど見られる。年間を通して心配する病気もなかった。

介護三年目（二〇一〇年）

■身体に力無くなる
一月十日、悦子を車椅子から降ろす際に、身体がグニャグニャになりベッドに移すのに苦労する。幸いにも怪我はなかったが一人では困難になりつつある。三日後の夜には胃ろうボタンのふたが不十分で下着を汚し、嫁と二人で着替える。
■手の動きが狭くなる
同年一月十九日のケア会議で、
「悦子の手の動きが前より狭くなった」
「テレビを見るから姿勢が常に一定方向となる」

「筋力の低下からか本人は精神的に落ち込み傾向である」と説明、日々私の負担が大きくなった感じがする。

■発熱三七度九分

二月四日、夕方訪看へ連絡する。訪看が解熱剤と抗生物質を入れる。十時半過ぎ悦子は眠る。翌日三六度九分と熱下降も抗生物質を一週間服用する。三日後の夜も七度二分出るが解熱剤を入れて十時眠剤摂取後就寝、熱は下降したようだ。十日の名商大A日程入試の監督は長崎のAOが行ってくれる連絡がある。

■腹痛を訴える

二月二十六日、入院中は栄養が在宅療養中と異なるのが原因かと思われる。自宅と同じエンシュアに依頼する。腹痛は続き栄養を中止して点滴を始める。三日後は予定通り胃ろうボタン交換を終え、検査結果も異常が認められないのでいつでも退院して良いと医師から言われ三月十日に退院する。入院期間は半月間と比較的長くなる。

■握力弱まりベル押せない

八月二十日、呼び出しのベルを押せないと言う。同日夜は火照りがあり、ほおを氷で冷やす。

■尿量と便不規則も問題なさそう

十一月十二日、昼の量が少なく夜大量に出る。キャンナスが数日間、尿量計測を続けているが心配なさそうである。一週間後の記録に悦子の便が出ず、訪問看護師が浣腸をする。少し出るがまだ不十分で下剤を検討するも、通常のマグラックス錠を使用する。センノサイド錠使用はあるが、排便記録に浣腸はこれ以降多くなかったと思う。在宅介護で便が出なくても、ヘルパーや看護師は気にするが、私は経験から二、三日後に出るので心配していない。

介護四年目（二〇一一年）

■腹痛を訴える

元旦は神社の元旦祭に出るので悦子の介護は出来ない、キャンナスが雪の中を歩いて見える。大晦日に腹痛を訴えてから心配して、ポカリスエットと栄養を慎重に入れていたが二日にどうにか治まったようだ。

■小さな湿疹で痒がる

退院翌日の二月四日、陰部周辺のただれがあり、本人が入浴を望み急きょお願いする。数日後にも手足と体の痒みを訴え訪看が薬を塗る。定例の六日後の入浴を済ませたころから、痒みも和らいだ。次より、入浴は隔週二回にお願いする。

■筋力が弱る

五月中旬、特に左手が本人もおかしいと言う。昨年から続いていたことだが、これまで頻繁に指示を出していたが、精一杯のベル押しと思われる。

■夜昼逆転する

六月初めころから、妻は夜眠らないようだ。私の日誌に睡眠不足の記述が多く見られる。夜眠っていれば、吸引回数も少なくて済む。二十五日午後はほとんど眠っている、好きなテレビの『新婚さんいらっしゃい』『笑点』も見ずに車椅子でおやすみの状態である。

■テレビが二重に見える

十月初めの夕方、右目の痛みを訴える。テレビが二重に見えると言う。目薬をさしてガーゼで目を覆っていたら、就寝前には痛みが無くなる。しかし、数日間は続き目薬を変えて処置する。悦子は健康なときでも疲れると目に症状が出ていたと思う。これからも介護で同じ状況が続くだろう。

介護五年目（二〇一二年）

■悦子昼寝が多くなる

二月中旬以降昼寝の記載が多くなる。多い時には六時間ほど眠る記録もある。

■胃ろう周辺のただれ

胃ろうの日常ケアは訪看が洗浄など行ってくれるが、四月下旬にただれと周辺肉の盛り上がりが見られる。訪看が亜鉛華軟膏を塗って一週間ほどで治まる。

■舌の異状を訴える

六月二十六日、舌の動きが悪いと言う。自分で動かせないのだろうが対処の方法がない。明日は入院日で、ベッドの隣で最近の日誌を読み聞かせる。

■胃ろうの肉芽

七月西別府病院入院中、主治医の先生に肉芽について聞くも、悦子の場合は手術不要で大したことでないとの返答だった。

■便秘治療剤を使用する

同月二十三日、今日で五日間便が無いので新レシカルボン坐剤を使う。翌日の夕方大量に出る。

介護六年目（二〇一三年）

■指の痛み

かねてより指の痛みを訴えてから、痛み止めのセレコックス錠を摂取していたが六月十三日の朝で止める。私は素人目だが「鷲手」と思う。後日このことで、キャンナスが西別府病院へ研修出張する。

■血糖値を下げる薬の服用

七月末日、西別府病院入院中に胃ろうボタンとカニューレ交換そしてCT・血液検査をする。その結果、主治医より血糖値を下げる薬の服用を告げられる。エンシュア栄養で「はるかぜ医院」の坪井先生も再々計測していたが、ついに調整時期に来たようだ。参考までに悦子のカロリー摂取量を記します。

一年目（一二〇〇～一二五〇カロリー）↓四年目（八七五カロリー）↓六年目（一〇〇〇カロリー）↓七年目（九三七・五カロリー）↓九年目（九〇〇～九三七カロリー）↓十四年目（八七五カロリー）

■便秘治療剤を使用する

八月二十三日、前年の七月と同じ症状で五日間便が無い。朝食後、新レシカルボン坐剤を使うが、便意が無いので訪看が浣腸をする。二回に分けて出て本人にスッキリ感ある。

■かかりつけ医の耳の診察

十月下旬の訪問診療で「はるかぜ医院」の坪井先生に耳の状態を見てもらう。

「外耳は異状ないようだが、右耳は聞こえないようだ」

と、機会があれば専門医の診察を勧められる。（別掲に記述あり）

■市民病院耳鼻科通院

その後、市民病院耳鼻科に月一回通院するが、他の病気は見られなかった。

■インフルエンザ予防接種

十一月六日、予防接種するも、翌日あとの湿疹が強くでる。

介護七年目（二〇一四年）

■カニューレ周辺から出血

二月初旬の西別府病院入院中に呼吸器の回路が強く引っ張っているのが原因のようだ。本人は我慢しているが見るに堪えない。紐で工夫するが呼吸器の場所や加湿器など、家に居るときとは異なり上手くいかない。

■足の浮腫

八月の入院四日目、足の浮腫があり、私がマッサージをする。翌日も続けた結果、少しは良くなったようだ。入院中は車椅子にも乗れず、寝たきりで動くことが出来ない。

■インフルエンザ予防接種

十月二十二日、予防接種、翌日赤く腫れあがる。

■平穏な一年間

市民病院の耳鼻科に六回通院、前述の入院期間中の浮腫程度で、熱も出ず穏やかな日々を過ごした一年でした。

介護八年目（二〇一五年）

■退院後の発熱

三月下旬、西別府病院退院後の翌朝発熱三八度四分で冷やすも三七度台である。退院日は疲れた様子で病院でも表情がなかった。かかりつけ医より解熱剤と抗生物質を処方される。四日目より点滴を始めて翌日の昼前には熱も下がり、悦子に笑顔がもどる。点滴は三日間続ける。

■入院中の検査結果

八月の二回目の検査入院で主治医から右肺下方に水が溜まっているので、利尿剤を二週間処方する説明を聞く。体重は四十六〜四十七キロである。翌日の午前中、微熱あるも冷房が入っていないのが原因だろう。気分転換で妻を車椅子に乗せて病院内の廊下をまわる。

■悦子の吸引が出来ない

十二月朝方の出来事、原因は部屋の湿度三十パーセントで低いことに気付く。加湿器が

「お手入れモード」で切れていた。四十パーセント回復で普通に取れるようになる。当時は人工鼻を使っている。

■訪問診療で利尿剤再開

かかりつけ医より眠剤変更と利尿剤を二週間処方する話がある。キャンナスが九月より悦子の尿量を計測して資料を坪井先生に見せたのには頭が下がる。

介護九年目（二〇一六年）

■一月最初の訪問診療

体調の変化は特に見られない。訪問診療に先立ちキャンナスが尿量計測を持参、利尿剤は続けることになる。入浴時に体重測定するも、五十・六キロで大きな変化はない。

■足の浮腫

一月十八日、顕著に見られ足を摩り、足枕を高くする。翌日は減少したが、しばらく軽い状況が続きかかりつけ医にも相談する。

■「はるかぜ医院」で検診

六月十三日、「はるかぜ医院」まで、妻をエルグランドに乗せて診察に行く。胃透視検査するも異状なし。翌日は下痢が二度あり、栄養を元のエンシュアに戻す。

■胃ろう周辺部の爛れ

七月西別府病院入院二日目、胃ろうボタン交換日で担当医師に、

「胃ろう周辺の爛れがひどくて入院を早めた」

と言うと、

「あまり意味がない。胃ろうは口と同じで、常に清潔にすること」

と言う。入院中は家ほど手が届かないので、悦子は我慢していると思う。大勢の患者を抱えている中、文字盤でゆっくり訴えを聞く時間などないのが現状と思う。

入院四日目、正午前に病院到着すると下着とパジャマを交換したようだ。多分尿が多く出たのだろう。

■目を閉じ無表情

午後一時間ほど車椅子に乗せ、廊下を回り市街地が見渡せるところで止まり風景を見る。

「このまま病状が進んでしまうのか悲しい」

と記されている。

入院六日目、昨日より悦子は元気がない。酸素モニターも九三、気道内圧二二〜二三である。看護師が吸引しても気道内圧は下がらず、私と交替、少し身体を起こして背中を摩り再度吸引する。気道内圧十七。看護師も見ていて措置に感心していた。

病院を出るころに酸素モニターは百％を示していた。入院中は家での看護ほど出来ないことを感じると記述が見られる。

■気道内圧高めで深夜目覚め

十一月下旬、悦子は深夜二時半目覚めている。朝方三八度六分の発熱で訪看へ連絡、訪看が汗を拭いて着替えをする。昼前「はるかぜ医院」の往診で水分補給を三度の食前に各五十ミリ増やし、抗生物質の点滴を一週間処方される。その後気道内圧も下がり、水分補給も元に戻す。

介護十年目（二〇一七年）

■痰とれず

四月初旬、吸引すれども、痰とれず。ベッドに腰掛けさせて、背中を摩りタッピングして吸引するとよくとれた。

■肺炎球菌ワクチン接種

六月中旬の訪問診療の際予防接種をする。市の補助金五千円、自己負担三千円である。

■発熱もない一年間

あえて記載の多いのは便が大量に出て、下着やシーツ交換に奮闘した記録が多い。

介護十一年目（二〇一八年）

■揺り起こしても目覚めず

今年最初の胃ろうボタン交換で入院、退院二日目は十一時になっても目を開けず心配する。入院中の体重測定四十四・六キロと二年前より六キロほど減少する。帰宅後、訪問診療で眠剤を中止、二日後より薬を半分にして再開する。

■血液や尿検査で様子見を継続

五月連休後の訪問診療でかかりつけ医の坪井先生より、

「今後様子をみる。早急に対処の必要はない」

との検査結果の説明を受ける。

■平穏な一年を過ごす

カニューレからの出血や胃ろう周辺のただれがあるも、発熱記録なく平穏に過ごせたと思う。

介護十二年目（二〇一九年）

■気道内圧高めでバイブレーター購入

二月の建国記念日が過ぎたころ、悦子の気道内圧が高めに推移する。「はるかぜ医院」

の先生に相談する。キャンナスが再三、体位を変えて吸引するも大きな変化が見られない。

簡易なバイブレーターをネットで購入して使ってみる。若干効果があるようだが気道内圧は変わらない。昨夜も気道内圧が高く、訪看に連絡して人工鼻を交換するも変化ない。

■気道内圧高く緊急入院

二月二十七日、排痰補助装置研修のあとカニューレ交換後、呼吸器の警告音止まらず緊急入院する（人工呼吸器のトラブルで詳細を記載）。

■悦子に胆のう癌の疑い

入院中に主治医より悦子に胆のう癌の疑いを知らされる。昨年九月はよく見ないとわからない程度だったらしい。「はるかぜ医院」の先生に相談して、専門医の先生の話を聞くことにする。翌日、新別府病院に出向き説明を聞いて検査入院をすることを決める。

■新別府病院へ転院

三月十一日、転院する。各種検査のあと、集中治療室（ＩＣＵ）に入る。悦子は不安と思うが、長時間の付き添いが出来ないので病院を早く出る。

後日、担当医師より本人の負担が少ない検査のみ実施したが、

「悪性の細胞は見られず、現状の経過観察で良いと思われる」

と説明を受ける。同席したケアマネージャーと訪問看護師も経過を見守ることにする。

■五月連休後の発熱続く

悦子は連休後半に元気がない、車椅子のあと三七度五分ある。翌日の朝三八度九分で「はるかぜ医院」へ連絡、先生が午後往診に見える。抗生物質と解熱剤を処方する。リハビリと車椅子は中止、翌朝も三八度五分カロナール処方も三七度前半、手足は冷たく心配する。今日よりポカリやOSI百ミリの水分補給をする。

熱が十日以上続き、血液検査で白血球減少と感染菌増で新薬の点滴を続ける。注射針が腕に通らず足からのときもある。ネブライザー吸引をはじめ、点滴を十日間続けて発熱後十五日で平熱に戻る。ネブライザーは六月二日まで継続する。

介護十三年目（二〇二〇年）

■久しぶりに呼吸器の高圧警報

三月中旬、深夜二時警報、痰量多く二度にわたり吸引する。

■インフルエンザ予防接種

十月中旬、訪問診療で接種するも、腫れがひどくて治まるのに一週間ほどかかる。本人負担を考えて、以後インフルエンザ予防接種は中止する。

介護十四年目（二〇二一年）

■気道内圧高くカニューレ交換

一月六日、朝気道内圧高く「はるかぜ医院」へ連絡、往診してカニューレを交換する。カニューレに痰粘着多くあり、その後気道内圧も改善する。

■目覚め遅く熱ある

二月三日、八時四十分、体温三八度五分ある（皮膚科の診療に記載）。

■血糖値調節のインスリン注射

三月初めの訪問診療日より血糖値を下げる注射を始める。

■足の傷の痛み

三月中旬、夜眠れぬようで、訪看に依頼して痛み止めを処方する。多分足の痛みがあるようだ。

■車椅子で呼吸器の警告音

四月、車椅子に乗っているとき気道内圧が高く、再三警告音が鳴る。以後、車椅子の背もたれの角度を緩める。

■細菌感染治療薬処方

十二月十五日、足の指治療薬を一週間服用する。

介護十五年目（二〇二一年）

▪血圧高め測定を継続

四月中旬、最高一八九mmHg・最低八七で、以後キャンナスが早朝見えて測定を継続する。

▪心拍数減少傾向

十一月二十五日に訪看が心電図・血液検査をして、坪井先生の指示を待つ。（別掲）

皮膚科と耳鼻科の診療

ＡＬＳで現れにくい症状に褥瘡、いわゆる「床ずれ」があげられている。在宅介護十三年目まで悦子は皮膚の心配は全くなかった。ヘルパーさんなどからいつも、

「顔色が良いね」

と言われていたほどである。

介護十四年目二月三日、悦子の目覚めが遅く体温測定をすると三八度五分あり、「はるかぜ医院」へ連絡、坪井先生と訪看が直ぐに見えて、諸検査とカニューレ交換をする。再度、昼前に訪看が解熱剤を入れに来る。

あとは、血液検査の結果を見て処方するとのことだった。夜は熱も下がり安心する。翌日も平熱であったが、炎症反応があり抗菌剤の点滴投与を開始する。昼過ぎ私がオムツ交換をして、左脚が冷たく感じて温める。訪看が頸動脈蝕知するが感知出来ない状況である。次の五日訪問診療時に坪井先生が血流検査をして、閉塞性動脈硬化症の診断で薬の変更を説明される。

同月十九日の往診でエコー検査を実施した結果、左大腿動脈高度の狭窄を認める。その後、左下腿部より「ジクジク」にじむ浸出液が見られ、洗浄後ユーパスタを患部に湿布してガーゼで保護する治療を続けてくれる。

三月三日市民病院で、胃ろうボタン交換と諸検査が予定されていたが皮膚科も受診する。現状の治療を継続するが改善見られず、むしろ傷口が広がっているように思われる。その後、「はるかぜ医院」の坪井先生が、高田中央病院の皮膚科の先生に往診を依頼される。翌月の十三日に皮膚科の先生を、訪看が途中まで迎えに行って診察をお願いする。足の動脈に血液が十分に送られない状態による「虚血性潰瘍」の診断があり、今後の治療について訪看にアドバイスがある。

指示に従い治療を続けて五カ月経過するも、左ふくらはぎの潰瘍はくるぶしまで拡大を続け一部は黒色化、出血も見られる状況が続いた。

九月に市民病院の古賀正義先生の訪問診療の際、患部の壊死組織を取り除く処置する。一カ月後には、左ふくらはぎの潰瘍は改善傾向を見せる。

十二月には膝側は上皮化、すなわち表皮や粘膜上皮で再度被覆される。翌年の三月に市民病院の古賀先生が訪問診療に見えられた際、驚異的な改善は医学治療研究に発表するほどの治療経過だと訪問看護師に敬意を示す。

一方、左足二趾は出血、黒色潰瘍化は拡大する。翌年の二〇二二年六月の入浴時に二趾は自然落下する。同年暮れまで黒色潰瘍化は続いた。

高田中央病院皮膚科の医師の往診

右足の爪と左脚の治療で、定例の訪問診療日でないが「はるかぜ医院」の先生と訪看が見える。高田中央病院皮膚科の医師が近日中に往診に来られるので、事前にタブレットで撮って送るらしい。四日後、訪看が医師を道の駅まで迎えに行き来宅診察する。治療について「ひなた」の訪看も一緒に説明を受ける。後日、私は国東保健部で高田中央病院の特定医療費受給者証の指定医療機関追加手続きと足枕を買い求める。

一カ月後、皮膚科の医師が見えて診察、前回同様「はるかぜ医院」の坪井先生も同席する。イトリゾール粒状が胃ろうに入らず薬を変更する。

耳鼻咽喉科の受診

二〇一三年十月十九日、悦子がキャンナスに、

「耳が聞こえない、左耳が痛い」

と知らせる。先生に伝えたことで納得する。

後日二十三日の訪問診療で坪井先生より前述のように専門医の診察を勧められる。

後日、難病支援医療専門員とケアマネそしてキャンナスが対応を相談する。自宅から最短距離にある市民病院の耳鼻科にするが、常駐でなく曜日が限られ日程の調整が必要になる。しかも、最短とは言え一時間ほどかかり本人の負担も大きい。

十一月一日、嫁の運転でキャンナスと私が付き添い診察を受ける。中耳炎の診断で二週間分の薬を処方される。以後、一進一退でほぼ一年が経過する。

二〇一四年七月二十六日、悦子がキャンナスに、また、

「耳の聞こえが悪い」

と伝える。反応にむらはあるが前から続いているので、「はるかぜ医院」の訪看に、

「四日後は西別府病院へ入院予定なので、耳鼻科へ問い合わせていただけませんか」

と看護記録にメモをする。入院は胃ろうボタン交換と諸検査で好都合と考え、「はるかぜ医院」の方で連絡をとる。

しかし、耳鼻科の診察は特定日に限られ今回の入院期間中は見えないとのことで、退院日に帰路途中に市民病院で受診することにする。

その間、親戚で不幸が続き悦子の入院中で自由に動けるも疲労困憊の状況が続いた。退院日は嫁の運転でいつもの「はるかぜ医院」の訪看が付き添う。人工呼吸器装着で患者の少ない時間帯に市民病院に着くよう午後三時半に入院先の西別府病院を出る。

結果は中耳炎の再発らしい。記録にないが毎月の定期的診察を勧められ、クラリス飲用を処方される。以後、診察に行くも担当医が大学病院からの派遣で、その都度診察医師は代わりカルテを見ての経過説明で不安を感じていた。

翌年の十一月二十日市民病院の耳鼻科予約日で、嫁の運転する車でキャンナスと私が付き添い午後三時に家を出る。診断結果は特に異常がないので次回の予約はせず帰宅する。

それでも、不安で西別府病院入院を耳鼻科診察日に合わせて計画する。二〇一六年二月二十九日西別府病院入院で耳鼻科の診察を受ける。医師は躊躇なく耳の水を抜いた。市民病院では水が少し溜まっていても慢性になるので取らずにいたのに対応が異なり心配する。

翌日、私はふらつきの治療で宇佐市の末永耳鼻咽喉科医院にかかっていたので、妻の状況を医師に相談する。偶然にも悦子の十数年前のカルテが見つかり驚く。これまでの経緯を説明して診察の了承を得る。

悦子は退院後も変わりなく過ごしていたが耳の水を抜いたことが気にかかる。四月十六日長男の運転でキャンナスと私が付き添って末永耳鼻咽喉科医院へ診察に行く。左耳は鼓膜の色も良い。右耳の色は良くないがジクジク感はない。病院での水抜きの処理は良かったと言われ安心する。

次回は二カ月後の六月、九月と診察に行くも経過は良好である。その間エルグランドを長男が手放し移動手段が身近になくなり、私の月一回の診察時に悦子の状況を話していた。ところが、二〇一八年四月二十九日の祝日に宇佐市から先生が来られる話がある。耳鼻科に往診の制度はないらしく診察でなく、個人的な訪問として事務的手続きは取られなかった。遠路わざわざ来られ、心温められ感謝する。悦子は耳の状態も悪化しておらず今に至っている。

Ⅷ　介護の諸問題

介護者の体調と稼業

戦中生まれの私は小学校入学前に盲腸手術をした程度で、健康とは言えなくとも学校を休んだ記憶はない。当時、昼食は家に帰ってとる児童も多かった。水を飲んで食べた振りをして学校に戻る友達も何人かいた。妻の悦子も同じ状況だったと思う。

このような環境で育った同級生たちも元気に年を重ねているのに感心する。これも現代医学の恩恵である。私は妹が三人いたがいずれも五歳で亡くなった。伝染病・肺炎が原因だった。三女の死亡後ペニシリンが発明されたが、一年早ければ助かったのにと悔やまれた。

単身赴任中の食生活

私は現職時代に単身赴任が四年ほどあるが、不自由を感じたことはない。先ず、主食のご飯は悦子の炊いたものを茶碗一個分ごとサランラップで包み冷凍する。家から持参したのはこれだけで他に取り上げる程のものはない。

朝食メニューはご飯と味噌汁と海苔そして漬物である。味噌汁は炒り子出汁、事前に冷凍保存したアゲを入れる。材料は季節の野菜で白菜・キャベツ・ナス・ネギ・わかめなどを使う。刻んで冷凍している場合も有る。あと卵を入れて味噌で味付けすれば終了、準備は十分もあれば出来る。私は味付海苔が好きで朝食には欠かせない。白菜の漬物と海苔の組み合わせは至福の朝食である。漬物でも白菜以外はあまり食べようとは思わない。

昼食はほとんどが出前注文、聾学校勤務中の二年間は給食があって助かる。夕食はスーパーで刺身を買い、自分で炒め物を一品作って七勺ほどの酒を嗜む。時には小盛り総菜を買うこともあったが、ご飯は食べない習慣は続いている。

介護者の食生活

単身赴任時代の食習慣がほとんど続いている。朝食は前述の通りで変わりはない。ただ、時間が午前五時と早まった程度である。夕食にご飯を食べない習慣なので朝のお米のご飯が美味しい。

昼食は麺のみで「うどん」か「ラーメン」、夏場はソーメンである。

夕食の刺身は経済的にも毎日買えないので、よく酢の物を作る。季節のキュウリと大根が主である。刺身を買っても刻んで酢の物に入れて二〜三口食べる。あと、よく作るものとして、自作の切干大根の炒め物、天ぷら、焼き魚、その他野菜炒めなど、肉と魚は買うが野菜はあまり買ったことはない。晩酌の七勺は続けている。

何かの行事があるときは「茶碗蒸し」や「巻きずし」を作るが、レシピ通りに作れば美味しく仕上がる。便利な世の中になったものだ。

介護者の健康の源は食生活と思う。私は野菜や肉・魚のバランスが大事と考え、特に野菜には留意した。冷蔵庫には「ほうれん草の湯掻いたもの」がいつも冷凍を含め入れている。

前立腺癌の手術

さて、私は現職時代すこぶる健康であったが、退職後は年齢を重ねることで次の病気と出会うことになる。

公務退職前の人間ドックで「ＰＳＡ値４」前立腺癌の疑いがあると、「要精検」の指摘を受ける。

専門医の組織検査で六カ所中、二つ検出される。未だ初期と考えられるが医師の指示でリンパ節や骨への転移を総合病院で確認する、転移は認められず医師と治療の相談をした。すでに、私は再就職していたので、取りあえずホルモン療法を選択する。

しかし、ホルモン療法は医療費が高額で、毎月の自己負担額は三万円を越え一年間継続するも次の治療を考えざるを得ない。

二〇〇四年十月、広島大学病院で小線源治療を決断した。未だ九州内の病院では取り組まれておらず、広大病院でも六人目の手術例であった。介護三年目の日誌に、

「術後六年なるが過重な労働をしたときに未だに痛みが出る。休めば痛みもなくなり、自分でも重く受け止めていない。……今回は田植え準備で、畔草切りや肥料散布と続いたからと思う。田植が終わるころ痛みもなくなった。介護があるので病気など出来ない。健康管理は大切である」

と記されている。

内視鏡による大腸ポリープ除去手術

二〇一二年の八月、別府市の厚生連鶴見病院で一日検査を受ける。健診結果は大腸の再検査の必要あり、再検査は「はるかぜ医院」の坪井先生の紹介で鶴見病院にする。

検査結果は小さなポリープが一個あり、他は異常が見当たらないと言われ安堵する。ポ

リープ除去はしばらく様子を見ることにする。私が癌だったら在宅介護など不可能である。手術もとりあえず必要なくて支援者に喜んでもらう。

翌年の検査で再度指摘され、八月に悦子の入院中に除去手術をすることを決める。入院後、例の大量の水を飲まされ、ポリープ一個を除去する手術は無事終わる。夕食なしで、朝までベッドに横たわるも同室のいびきがうるさく寝付けない。隣の方と事務所に苦情を言うが、らちが明かない。寝不足のまま妻の病院へ行き、担当医師から退院日と血糖値を下げる薬の服用予定の説明を受ける。

胸部レントゲン検査で異常を指摘される

悦子の胃ろうボタン交換の入院中、私の一日検診は恒例になっている。二〇一八年九月入院翌日に受診した結果、胸部に影が見られるので専門医で再検査の指摘を受ける。まさか、「肺癌」かと夜も寝つけない。悦子の入院期間中でないと時間も取れない、翌日別府医療センターに行くことにする。精密検査結果は影の部分についても異状ないことを知らされ安堵する。

翌日は悦子の退院日、「はるかぜ医院」訪看のお世話した介護タクシーで帰宅する。値段的に安いが軽自動車でかなり揺れるも、退院の喜びと何よりも自分の心配が無くなったことが嬉しい。帰宅すると国東保健部の方より台風の心配で電話を受ける。翌日紀伊半島へ上陸して我が家は殆ど影響なかった。

風邪とインフルエンザA型で介護をリタイア

十五年間の介護で医師より介護を止められたことは二度ある。介護五年目の二〇一二年、新年度に入り寺総代の引き継ぎと歓送迎会が終わった翌日、熱三七度六分で風邪症状、「はるかぜ医院」に行き薬をもらい終日床に入る。頭痛、身体の節々が痛い。

悦子は訪問看護師とヘルパーが看てくれる。夜はキャンナスが三日間泊まり込みで付き添い、三日目の朝お粥を作ってくれる。その日も終日床の中で妻は看護師とヘルパーそして土曜日で嫁も看てくれる。日曜日は天気良好で庭のしだれ桜も満開を過ぎた感あるも気分よく起きる。キャンナスが帰ったあと悦子の看護に戻る。

二〇一九年一月に近隣で一人暮らしの高齢者が逝去、家族葬で無常の手伝い不要でお悔やみだけに行く。翌日出棺のお見送り、どうやら風邪の罹患者がいたらしく感染したようだ。「はるかぜ医院」は成人の日まで休診、熱も出はじめ深夜にもかかわらずキャンナスが心配して悦子を看に来てくれる。

翌日、ケアマネが私を「はるかぜ医院」まで診察に連れて行ってくれる。車の中で検査、インフルエンザA型の判定に「まさか自分が」と思うが受け入れざるを得ない。家では訪問看護師が悦子の検査、幸いにも陰性反応で支援者も一安心する。恐らく、人工呼吸器装着でウイルスの侵入を抑えられているのではと感じる。

医師の判断で私は四日間別室に隔離される。その間、妻の看護に見えた訪看より点滴などを受けて回復する。昼間は訪看とヘルパーが繋いでくれるが、夜間の四日間はキャンナスが泊まり込みで看る。七年ぶりの発熱で介護を離れたことになる。

自分が身体のふらつきと嘔吐を感じる

二〇一五年の十一月初旬の日曜日、朝五時過ぎ悦子の世話を始めたころ身体のふらつきと嘔吐を感じる。嫁に連絡して椅子に横たわる。キャンナスが見えて「はるかぜ医院」の先生へ連絡してくれる。

坪井先生より、しばらく安静にするよう指示がある。夕方の五時ごろ少し気分も良くなる。その間、訪問看護師から体調について再々電話がある。その後、先生の助言で年明け宇佐市内の耳鼻科専門医を訪れ精密検査をする。血流が原因で平衡器官機能低下と知らされる。以後毎月診察に行き薬の服用を続けている。

腰痛治まらずかなり重症

二〇一一年五月ごろより日誌に歳のせいか腰痛の記述が多く見られるようになる。どうやら畑の「ほうれん草」跡に管理機をかけたのが原因かと思われる。昨夜もよく眠れず、昼に畳の部屋に寝るも眠れない。悦子の車椅子移乗はどうにか出来るが、このごろ一日二回乗ることが多い。当日の日誌に、

「キャンナスが付き添い、細かなところまで気が付き感謝する」

と記している。長男から母の日のカーネーションのプレゼントが届いた。また、訪問看護師から腰のサポートベルトをお世話してもらう。腰痛治まらず、「てもみや」に出張治療の依頼をする。

翌日、例によって悦子から明日は「母の命日」を告げられ墓掃除と仏前の掃除を済ませ、当日は寿司を作って供える。孫三人来て夕食をとる。その後も「てもみや」に来てもらい、整骨院に行くなどして五月下旬には少し治まりつつある。

「いきいきセルフケア教室」に参加

二〇二〇年正月ころより足腰の痛さで整骨院への通院が続いていた。火曜のリフレッシュ日は耳鼻科か整骨院通いが日課となっていた。十月に院長から国東市の「いきいきセ

ルフケア教室」に参加を勧められ、十二月より半年間、月二回の同整骨院で行われるプログラムに参加申し込みをする。

勿論、ケアマネと相談しての参加であるが、リフレッシュ日なら支援に大きな変更なく参加できる。ただ、参加だけなら良いが自宅での課題が多い。月二回の運動で「いきいき」出来るはずもない。毎日の課題実施のチェック表を渡され点検がある。ごまかしは元教師としてプライドが許さない。

大分県の介護予防体操「めじろん体操」を含む十項目を各三回が基準、それに自分で自主訓練にあげた「ラジオ体操」がある。

どうにか六カ月続けた。担当者のコメントに、

「毎日の課題大変だったと思います。しかし、頑張ったことで身体に変化があったようで良かったです。今後も時間があるとき運動を続けて下さい」

以後、歩くときの痛みや違和感がなくなり、整骨院へご無沙汰となった。

ただ、課題やラジオ体操は教室を止めてから点検もないので全くしていない。しかし、腰痛も随分緩和されたと感じる。

名商大の入学式出張

前述のように公務退職後、名商大の臨時職員として勤めていた。毎年四月一日は大学の入学式である。式にはアドミッションオフィサーも出席する。式後に会議もセットされているので、三泊四日の日程で家を留守にする。

日中は訪問看護師とヘルパーが今まで通り来てくれるが、自分が看ていた時間帯は家族が、そして夜間の介護はキャンナスが泊まり込みで看てくれる。幸い、嫁は新学期を迎える時で休みが取りやすかった。ただ、吸引の経験が少なく訪問看護師やキャンナスの指導があって介護が出来たと思う。

以後、福岡や県内出張でも留守中は訪問看護師とヘルパー、そして自分が帰るまでキャンナスが悦子を看てくれる。県外出張中は妻も心配しているのか、キャンナスに電話するごとに、

「今どこで、何時ごろ家に帰る」

と伝えて待っていたらしい。長距離運転のあとでも、介護は止めることは出来ない。いつもの深夜の時間に吸引とオムツ交換をする。

二〇一〇年一月、福岡市で行われる地方試験A日程の監督で出張する。自家用車では万一を考え、ＪＲの電車で行くことにする。早朝の出発で介護は制度の支援だけでは無理

で、時間外に悦子を看る人はいつものようにキャンナス以外いない。早朝と五時以降の帰宅まで快く引き受けて頂く。妻への伝言も他の出張中と変わらない。介護と仕事の両立は制度上の支援だけでは無理で、近くのキャンナスの存在が大きい。

学長と退任の会食

二〇一一年に九年間勤務した名商大のアドミッションオフィサーの退任を決める。体力的にも未だ大丈夫と思っていたが、支援者が心配する。万一事故があれば悦子の介護が出来なくなる。妻も道中の事故を心配しており、私が辞めてそばにいるのを望んでいることは想像出来る。

幸いにも家のローンも終わっているので、介護費用がかかってもどうにか生活が維持出来そうだ。大学も継続を望んでいたが代わりの知人を紹介する。

後日、大学の担当者から連絡があり学長が会食の席を設けるので、小倉のホテルに来るよう案内がある。会食を済ませ学長から身に余る志を頂く。当日は十時前に帰宅、その間は日曜日で他の支援がないので悦子は帰宅までキャンナスと嫁が交替して看る。

話には、まだ続きがある。大学の事務局から電話があり、

「昨日の会食では失礼しました」

と何の事かわからず、更に聞くと学長から叱られたらしい。職員は経費の節約を考えての予約だったが、九年間のお礼としては不満だったらしい。

また、学長に大学の新企画の資金について聞いた事がある。

「ベストを尽くせば道は開ける」

の信念だけで結果はついて来ると言う。楽観的な思考は私自身も同じであるが、ベストのとらえ方が違うのかもしれない。事務担当者とは今もフェイスブックで通じているが、その学長は旅立たれて今はいない。

介護の傍ら野生動物と闘う農作業

妻がALSとなって規模は縮小したが花と野菜作りは続けている。昔も野生動物はいたであろうが、今では全てが野生動物との闘いである。

公務退職後、趣味で始めた椎茸栽培も秋に原木を切り駒打ち作業をする。駒を打って二度の梅雨を経験させて秋に置き場に搬入して並べる。椎茸が生えるころ、鹿の食害防止柵を作らないと鹿に食べられ収穫出来ない。作業は大変であるが、原木についた肉厚の椎茸を見ると何事も忘れ、悦子に報告するのが楽しみである。

二〇一八年十一月末日の芋掘りのときである。当日の金曜日はリフレッシュ日で午前中たっぷり時間がある。今年は鹿の侵入で芋づるが二度にわたって食われ、例年の収穫は望めない状況であった。芋の品種は「紅はるか」で例年一部の芋は大き過ぎて他は小さい、焼き芋に出来るのは僅かである。

「禍転じて……ではないが」

今年は焼き芋に丁度良い大きさで揃い、結果的に鹿の侵入も悪くなかった。あとで、訪看・ヘルパーに焼き芋を作ってあげて喜ばれる。

二〇一九年田植が終わり苗の補植をしようと水田を見ると、ジャンボタニシがいる。話は聞いていたが自分の田にまさか、その場で畔から火箸で摘まみ取る。卵もあって大きな防除負担である。以後毎朝捕獲の日が続き、七月末の日誌に今日で千個ほど捕ると記載している。

一度水田に発生すると毎年続き、以後田植が終わって三カ月取り続け延べ三千個ほど採取する。稲作は市農業公社に殆ど作業を依頼して赤字だが、放棄地にすれば近隣に迷惑が掛かるので採算は度外視である。

介護と生計

自分は経済観念が乏しくお金に楽天的であった。むしろ悦子の方が少しは蓄えがあった。私が現職で年金に手を付ける必要がなかったからだ。しかし、それも介護や次男の病気で使わせてもらい十五年間の半ばで無くなった。

他から見れば公立共済年金で恵まれていると思いがちであるが、介護費用は十分でない。病状により異なるが、悦子の場合は人工呼吸器を付けており二十四時間体制の介護である。制度による支援だけの在宅療養患者はゼロではないが、都市部の一部に限られているのが現状である。

介護にかかる経費については医療費とヘルパー人件費それにベッドなどのレンタル代が主な内容だが、予想外にかかるのが部屋の空調にかかる電気代である。以下私の生活費以外について、項目別に記述する。

医療費については人工呼吸器装着者で負担上限月額は千円、薬代は一割負担だが医療費負担返還制度で一部返ってくる。訪問看護費については医療保険分で月額に含まれ、自費サービスの消毒や用品代それに交通費は負担するので毎月の支払いは少なくない。

ヘルパーについては在宅初期の一日二時間程度から、私が歳を重ねるごとに支援時間が増えて直近では倍増している。それでも、夜間は支援がないので個人的に有償ボランティアナースのキャンナスに依頼するため、人件費の月額負担は想像に容易と思う。

ベッド・車椅子などのレンタル料は介護保険の恩恵を受けて、一割負担で特別高額とは思わない。車椅子については退院に際して、師長から介護保険を使って誂え車を勧められた経緯がある。長年使うのでその方が良いと考えたが、病院の片隅の部屋に溢れんばかりの車椅子を見て断念した。病状の変化に伴い、使われていない車椅子が多いのだ。

相次ぐ家電の故障

療養の部屋は当初からエアコン設備は設置しており、空調は空気清浄機のプラズマクラスターを購入する程度だった。夏を迎えても今まで通り冷房を入れれば良かったが、冬場は暖房機器の選択を迫られる。

エアコンの暖房を使えば高いと言う噂、石油ストーブは換気で問題があり長男が使っていたオイルヒーターを持ち込むことにする。ところがブレーカーが頻繁に落ちるので二百V専用回路工事を依頼して対処する。

在宅療養は常に二十四時間である。連続の使用は電気代高騰に結び付く。幸か不幸かオイルヒーターは五年後に故障する。以後冬はエアコンを使用することになる。結果としてオイルヒーターに比べて電気代は月額一万円ほど安かった。

しかし、介護十二年目の九月残暑の中エアコンが故障、悦子を別室へ移動するも暑さ凌げず「はるかぜ医院」の先生に相談して、胃ろうボタン交換の入院予定を急きょ早める。いつも家での介護が最良と考えており長期の入院は考えていない。

その間、エアコンの修理をするも買い替えを勧められ、購入を決断する。新品の設置を逆算して、入院四日間で退院することを決める。しかし、製品到着が遅れて間に合わない。退院後は狭いがエアコンの効きが良い台所にベッドの移動を業者にお願いして過ごす。二日後に新品のエアコンが取り付けられ、台所避難も終わり平常にもどる。

あとで気付いたことだがエアコン機種で省エネ型の二番目を選んだが、電気代の事を考えれば価格が高くとも最先端を選んだ方が節約に繋がるのでお薦めする。

エアコン故障後の二年目の九月中旬、台所の冷蔵庫が故障、介護で氷枕の交換頻度が多いので致命的である。我が家には倉庫にも冷蔵庫があり、製氷は倉庫のものを使っている。最初のころは氷を割って利用していたが大きめの製氷器を知り、以後出来た氷を台所の冷蔵庫で保管して利用していた。

業者に連絡して、新品購入やむなし二日後に搬入されるも、このごろ食器乾燥機などの備品の大きな支出が多い。介護にかかる費用は予測出来ても予備費などある筈もない。年金暮らしで考えていない部分である。

部屋の加湿方法を濡れタオルに代える

介護十五年目の一月下旬、加湿器が故障する。呼吸器を使っているので、呼吸器センターの助言でスチーム式を使用している。ただ、電気代が高いのが欠点である。一時間七円計算で一カ月五千円、部屋が広く二台稼働で一万円の支出は大きな負担である。

支援者の助言でバスタオルを濡らす方法を試みる。効果抜群で、五枚のバスタオルを掛け一時間で湿度が十％上昇する。古典的な方法であるが、ALS協会大分県支部にも電力節約効果としてお知らせする。

支援者は更に洗濯物を部屋に掛けることを提案するが、私は「年寄り臭さ」を感じるのでお断りした。ただ、天気の悪い日にはタオル類だけは認める。節約と生活のスタイルの兼ね合いの難しいところである。

次男が心筋梗塞で緊急入院

介護十一年目の一月五日、福岡に在住の次男より、心筋梗塞で緊急入院した連絡を受ける。私は介護で動けないので長男に連絡、福岡に行ってもらうことにした。手術は無事終了して三日間安静との連絡を受ける。病状は心筋梗塞の中程度、心筋の三分の二を受け持つ血管が四時間くらい梗塞していたらしい。次の発作では命に係わるそうだ。今後について長男と相談、我が家で養生させることにするが部屋の問題がある。

和室の空き部屋はあるが悦子の隣部屋で支援者が再々見えて、養生など出来ないと考え二階倉庫の改造を計画する。前述のように資金などないので銀行に相談に行って何とか目鼻がついたが、介護でまた負債を抱えてしまった。

二階倉庫を居間に改造も簡単でない、荷物が山となって散乱している。私以外に片付けをする人はいない、支援者が居るときは出来ても時間がかかる。多くが介護の合間をみての作業だった。片付けを追うように数日後大工三名が改造にとりかかる。建具工事・テレビ配線・エアコンの設置などの作業も終わり退院日にどうにか間に合った。

次男は本人の了解を得ずに家に連れて帰ったことに不満がある。私は退院日に寄せた日誌に次の言葉を書き留めている。

「相手への気配りと悪口を言ってないか」

「感謝の気持ちと心の余裕持っているか」

介護に通じることばでもあり心がけたいことである。人に優しくすれば必ず、その優しさは自分に帰ってくる。そして、人生を好転させると信ずる。

介護手当の減額通知

介護手当は月二十日以上の在宅介護が適用され、五年前に申請して月額一万円支給されていた。介護十一年目の四月から月額七千円の通知が届く。国の制度改正で事業対象範囲が大幅に狭まり、国からの補助がなくなり事業継続が困難である。

市として、対象要件はこれまでどおりで継続するが、手当減額をご理解下さいとの通知である。もともと有り難く頂いていたもので何ら異議はない。むしろ、制度による支援を広げて欲しいと常々思っている。

二人の年金と稼業収入

一方収入について概略述べてみたい。悦子がＡＬＳ診断直後は再就職で名商大ＡＯとして働いていたので、年金を加算して現職と遜色ない収入を得ていたが、介護四年目に退職して収入が激減する。

稼業でお米を十アールほど市農業公社に依頼して作っている。自家消費米を除いて出荷しているが、人件費や肥料・消毒費に取られて実質毎年二万円ほどの赤字である。

二〇一八年、山林売却を森林組合に相談して業者の紹介を依頼していた。少しは介護の経済的な負担を軽くすることが出来ると期待していた。私は母屋の新築で木材のほとんどを自分の山から搬出、製材と乾燥をして三年掛かりで家を造った。その際、祖父から引き継いだ山林の中に、通し柱にとれる尺物の檜一本があり、業者の方がこれ一本で「山渡し三十万円」の話を聞き山林の魅力に取り付かれる。以後毎年植林に励んだことは前述の通りである。

今回の売却話はその当時植林した櫟で椎茸栽培の原木である。調べてみたら前回の売却から二十八年が経過している。

組合から紹介された業者の方が見えて、椎茸が安いので以前のような価格で買えないという。放置しておいても仕方ないので業者の言い値で売却する。

聞いて驚くが前回の売却代金の一割にも満たない。しかも、森林組合は伐採後に鹿侵入防止のネットを張ることを勧めている。補助はあるが一割負担、言う通りにしていたら売却利益のない大赤字である。介護の負担軽減には至らなかった。

障害者手当と日常生活用具給付

各種の手当や給付は申請しないと恩恵を受けない。手当や給付基準を知っている介護者は少ないと思う。介護が続いて経済的に苦しくなり、ケアマネや支援者に実情を口にすることが多くなった。

在宅介護十年目の一月に障がい者生活支援センター「タイレシ」の方と国東保健部そしてケアマネの二人に状況を説明する。後日、市役所福祉課の二名が悦子の状況把握に来宅、翌月の二月「特別障害者手当認定決定通知」が届き、五月より手当支給が開始された。

当時の日誌をめくり礼状の写しを読み直してみると、感謝の気持ちとこの制度を知ったことや介護の経済的負担の不安をあげて支援と指導依頼文が見られる。

三月には同じく「タイレシ」の方が日常生活用具すなわちオムツ給付について相談に来られ、給付申請書類の手続きをとる。

五月末日に市より決定通知を受けて、六月七日に大分市内の業者へ注文する。月額一万二千円分のオムツが給付される。一割の自己負担であるが家計軽減になり有り難い。

介護で経費の節減を決断

介護七年目の暮れに家計支出が大きいので家計簿の点検をして、次のような取り組みをした。ヘルパーの依頼時間と休爛日以外は今も続けている。

(一)　ＣＳ放送契約を止める

(二)　ダスキンの交換種を二個から一個にする

㈢　金曜日はヘルパーに依頼する時間を三時間から二時間に減じる
㈣　台所の暖房を止める
㈤　休憫日を月・木曜日とする

介護と地域社会

神社総代を仰せつかる

公職を退いて八年、在宅介護二年目である。現職時代は地域の務めも悦子の出来る範囲で協力してきた。地域の主な役職は「組長」「区長」「寺神社の総代」がある。「組長」は輪番制で過疎化の進行で五、六年ごとにまわってくる。「区長」は諸会合や不定期に家を空ける事が多く在宅介護が配慮されて今まで依頼されなかった。

昨年は「寺総代」を引き受けたばかりであるが、四月に「神社総代」を受ける覚悟を決める。寺や神社の総代は厳密には決められてないが、暗黙の了解がある。二十四時間介護をしているとは言え、自分も働いているので断る理由もない。

地区には「櫛来社」と「城山社」があり、総代に神社管理を任される。大祭は春季と秋季そして城山社の九月祭がある。小祭りを入れれば年間十四回にもなる。年末年始の準備などあげれば切りがなく出ごとが多い。ただ、寺総代と異なる点は予定が決まっているので、支援計画を事前に立てられた。制度による通常の訪問看護師やヘルパーでは足りない、キャンナスの支援と暗黙の悦子の了承があってこそ引き受けられた。

神社の賽銭泥棒

神社総代二年目である。初年度は特別会計を担当したが、今年は普通会計担当である。総代長は別にして負担が大きい。なかでも月三回以上の賽銭の収納である。その他、祭典出席者の湯茶の接待、御供物の準備など会計と関係なさそうなこともある。年度末には事務引継ぎを兼ねて会計宅で労いの会を持つことなど昔から引き継がれた習わしがある。

賽銭箱の収納はヘルパーや訪看来宅中に行くことが多いが、早朝に悦子が眠っているのを見て行ったこともあった。痰が多く警報機が鳴っていないか、呼吸器の回路が外れてないかなど気が気でなかった。

事件は総代の一人から「櫛来社」の賽銭箱のお金が盗難にあっていると連絡を受ける。急行して現況を把握、総代長と駐在所へ連絡する。賽銭箱の鍵は使えないが、他に破損は見られない。駐在署員が写真を撮り、本署へパトロール立ち寄りを依頼した話を聞いた。

地元の商店から新しい鍵の寄付を受けたが、頑丈さに欠けるようで一部使用して新品を付ける。賽銭箱を壊されたら鍵の交換ぐらいでは済まないので頑丈な鍵は避けた。

神社の賽銭にまで手を付けるほど貧しいのか、世の中にはお金よりもっと大切なものがある。心豊かに生きて欲しい。

城山社祭典

祭典は毎年九月十一日と決まっている。近年は児童も参加するので第二土曜日に変更、朝六時に組内の旗立てを済ませ、総代の仕事でもある境内の旗立てと幕張をする。普段は何ら気付かなかったが、祭りを支える裏方の存在を実感する。

本殿祭午後二時三十分、あとお降り遥拝所で神幸祭、子ども相撲が終わり本殿にお上りで神事は終わる。あと、旗の片付け、直会出席後当場《とうば》へお礼の挨拶に行く。目まぐるしい一日である。

朝の旗立て・幕張の間は嫁に悦子の遠見を依頼して家を出る。十一時から午後六時までヘルパー・訪看・キャンナスが看る。午後七時、当場へお礼の挨拶に行くとき再度キャンナスが来てくれる。支援があってこそ職務が続けられる。

明日は水道組合のタンク清掃日である。輪番制の役職で午前中に終わる。悦子は嫁が看てくれる。

櫛来社のケベス祭

十月十四日は国選択無形民俗文化財のケベス祭である。総代で準備に忙しい。朝八時より幕張や提灯飾り付けがある。悦子の介護には七時半から午後一時半までヘルパーと訪問看護師が繋いでくれる。ただ、木曜日で悦子の入浴日でもある。幕張は十時ごろ終わるので入浴までに私は帰れるので予定通りお願いする。夕方五時より直会、本殿祭、ケベスの火の粉を振り回す奇祭が終わり、帰宅は九時三十分であった。夕方の悦子の介護は例によって嫁が看てくれる。

前日も午前中準備でお宮に行ったが、ヘルパーと訪問看護師で足り、二日目もヘルパーと訪問看護師そしてキャンナスが午後二時まで繋いでくれ祭典の全てが終わる。

神社総代の「祭典要領」作成

総代を受けて三年目になる。神社の仕事もようやく理解出来つつあるが、祭典ごとの準備や当場とのかかわりが複雑である。メモ的な引継ぎ事項はあるがまとまっていない。ときに、今まで宮番業務を担当した地域が高齢化を理由に辞退、更なる業務軽減の要望を踏まえ、総代及び当場任務の見直しが生じた。また、神社会計についても算出基礎が実情に合致せず、氏子崇敬者の減少で執行に苦慮しているのは否めない。対応を迫られ誰もが分かる冊子なら、総代が代わっても引き継がれると思い作成にとりかかる。

幸いにも、悦子のベッド脇で出来る仕事で支障ない。「先人の知恵を尊重」して安易に引継ぎ事項を変更しないことを心掛けた。三月末までに完成して総代役員の引継ぎに間に合う。ちなみに、印刷代は自己負担である。神社のことでいつかは恵みを受けることもあろう。

神社総代の引継ぎ

区総会・神社総会の翌日は神社総代の引継ぎが行われるのは習わしで決まっている。普通会計が座元でもてなしをする。あいにく、孫がインフルエンザで嫁もかかわっており手伝いは無理である。急きょ、次男を福岡市から呼び寄せ料理を作らせることにする。午後三時帰宅して手料理で賄ってくれる。虎魚の刺身、煮つけ、金時豆、牛のタタキ、野菜盛り付け、竹の子ご飯、味噌汁と手際よく料理を出して新旧の総代に喜んでもらう。

懇談場所が悦子のいる隣の部屋で、皆さん気にしたら悪いので、車椅子で倉庫別室に移動して会が終わる八時半までキャンナスが付き添って看てくれる。この仕事が出来るのも、キャンナスや家族の協力があってこそだった。

新年の初祭

在宅介護十二年目の今年は私の地区が神社の祭典準備や行事をする当場《とうば》である。早速、正月二日は各氏子より玄米五合ずつ年中米を集めに分担して出かける。年中米は初祭の甘酒を造り、残りは祭典米とするのが習わしである。

悦子はその間訪看が看る。ヘルパーは三日まで休みで、煮沸消毒や掃除は私がするか訪看がする。土曜日は初祭の準備でお宮へ集合の連絡、都合つかず欠席の予定もヘルパーが見えたので一時間ほど出る。翌日の祭典も早朝の集合に間に合わず遅れて出席する。呼吸器を付けていれば離れられず、支援が入りにくい朝晩は苦労する。いわんや正月三が日をやである。

当場としてのケベス祭

神社の秋季例大祭は一年を通じた最大の行事である。前述のように今年は当場で祭典の準備や行事を行うことになる。二日間の祭で前夜祭のケベス祭と神幸祭である。むしろ、前夜祭のケベス祭が火を扱う祭として有名になり、「国選択無形民俗文化財」の指定を受けている。

神社の氏子を八地区に分けて祭典準備にかかる。先ず、火を撥ねる羊歯を集めるのが大きな課題である。言い伝えで二百束ほど確保するが、森林管理が行き届いていない昨今、簡単には見つからない。情報収集の範囲は他町村まで広げざるを得ない、刈り取りも半日作業である。

私は介護でとても時間を見いだせず、長男が出てくれる。一週間前には当場元・おかよ・杜氏が神籤により選出され、以後、当場組内は祭典日まで「火を交ぜない」精進に入る。

その間、祭典当日まで毎日のように準備は続く。ケベス祭当日は大勢の観光客が見えるが、わずか一時間半ほどの火祭りの陰には多くの「当場」の努力があることを知って欲しい。

いつものことだが、私が帰宅するまで悦子の介護は午後三時から訪看とヘルパーそして夜間のキャンナスが看てくれる。翌日の本殿祭は朝七時から午後一時まで訪看とヘルパーで繋いでくれ、今年の大きな当場の任務は終えることが出来た。夕方は訪看が見え措置して助かるが、九時に眠剤を入れようとオムツを見ると便漏れがあり一人で苦労する。

秋季特別布教法話

二〇〇八年の四月、悦子入院中に寺総代を受託した。神社総代よりも主要行事は少なく、春季大法要と秋季特別布教そして檀家の葬儀出席、あとは若干の雑用がある。

神社より出ごとは多くないが、一番困ったことは檀家に不幸があったときだ。葬儀日程は明日とか急に連絡がある。近くの葬儀場であれば支援要請の調整で出かけられるが、遠方であれば帰宅まで二時間以上かかる急な変更など出来ない。都合つかず、香典を僧侶に預けたこともあった。

春季大法要では餅つきなどの準備は地区ごとの檀家の世話人である寺組頭がするので、総代の仕事は受付程度である。しかし、事前に檀家の「卒塔婆」書きを依頼される。お寺でなく自宅で時間に制約されることなく、介護の合間に出来た。総代任期中の四年間続いたが十日ほどで書き上げ負担は感じなかった。

十一月国東町の安国寺で秋季特別布教が行われ、大本山妙心寺派の京都府与謝野町石川西禅寺住職の畠中健友師による法話が行われた。「請う其の本を務めよ」――どう活かすか私のいのち―― 和尚の説法を聞き、介護している自分に置きかえ有り難く感謝する。介護で寺の役職など受けられないと断っていれば、こんな場面に合うこともなかったと思う。

九州国立博物館で京都妙心寺特別展の拝観

在宅介護二年目の二月に入り檀家から募って旅行ツアーを計画する。少なくとも、貸し切りバス一台の定員を集めないとツアーは無理である。総代と再三相談して拝観料八百円はお寺が支払い、一人分五千五百円で呼びかけることにする。幸いにも最終的に四十二名の参加者を得ることが出来た。展示品は「妙心寺ゆかりの名宝」で京都妙心寺だけでなく九州・沖縄の妙心寺に伝わる宝物がみられた。国宝の宗峰妙超墨蹟「関山」道号（妙心寺蔵）、北部九州で鋳造されたと考えられる国宝「銅鐘」二つ（大宰府観世音寺蔵・妙心寺）大分市の達磨像（萬壽寺蔵）他に宮崎の文殊五尊像、沖縄の仁王像など拝観する。

悦子が元気で二人で参加出来れば良かったが、今では自分の居ない時には、誰かの介護支援が必要である。帰路途中に筑前町立大刀洗平和記念館を見学して家路をめざす。

到着は午後七時であった。留守中は朝七時半より帰宅まで、ヘルパーが入りキャンナス・訪看またキャンナスと悦子を看てくれる。あいにく当日は訪問診療でカニューレ交換日であったが、支障なく終わった連絡を受ける。

永明寺の晋山式

先代の住職が亡くなり新命の結婚を機に二〇一二年六月二十九日晋山式を行う。寺総代のときに計画されていたことで少し関わりがある。寄進で檀家にかなりの経済的負担をかけるがおめでたいことである。

当日、悦子は胃ろうボタン交換で西別府病院に入院中、介護は要らないが様子を早く見たい。午前九時半、晋山式で檀家は永明寺の山門に集合、正午からホテルでの披露宴に出席する。早めに会場を出て病院に向かい病室で悦子の世話をする。病院で自分の三回目のリハビリを受け五時病院を出る。訪問看護師と退院日のことで相談する。慌ただしい一日である。

寺組頭でお寺講のお世話をする

二〇一六年一月、お寺講は早朝からで嫁が代わりに出てくれる。今年は寺組頭で組内の檀家のお世話をすることになる。仕事内容は春季大法要の餅つきと「お寺講」のお世話、あと組内檀家への連絡である。餅つきの準備と当日は訪看とヘルパーにお願いして自分が出席する。

お寺講で引継ぎをするので最後の仕事である。前日に山に薪を取りに行って、豆腐・アゲや調味料を買い揃える。当日は風が強く時々雨の天気、組内檀家十三戸で八名がお参りする。悦子は留守中の六時半から帰宅の十時までキャンナスが看る。

翌日悦子は朝方より気道内圧が高めで、ベッドに腰掛けさせて背中を摩り吸引する。午後は車椅子に乗り、『新婚さんいらっしゃい』や『笑点』そして「相撲」を見る。

永明寺春季大法要のお説教と勧請

大法要当日は寺組頭としてさしたる仕事はない。一檀家として白米一升・志・卒塔婆代をお寺に持参する程度で時間もとらない。大法要二日目はヘルパーに介護をお願いしてお参りする。卒塔婆をあげているので檀家の多くの人が最終日に参列する。

お説教のあと、本堂廊下側に作った祭壇に仏菩薩の霊を請い移す勧請が全員の僧侶で執り行われる。「勧め請う」とは真心こめて仏に願って説法を請い、仏が永遠にこの世にあって人々を救って下さるよう請願する意であると言う。法要に参加しないとこのような話を聞くことが出来ない。

最後は餅まきがあって終わる。家を空けるのは二時間程度であるが、春は何かと行事が多い。翌日は入浴日、卒塔婆をお墓に持ってお参りする。翌々日はお接待、歯科医院に診察後、座元に行くが慌ただしい。悦子は訪看とヘルパーが看ており再々家に帰り様子を伺う。

コロナの影響を受けるまで、お寺講と春季大法要は私か嫁が出て欠かしたことはない。

区主催の敬老会に出席

二〇一一年九月十九日は敬老の日である。今年は古希を迎え地区主催の敬老会の仲間入りである。祖父が一度行ってから死にたいと言っていたが叶わず亡くなった。この年になっても老人の実感はない。当日は車で迎えに来てくれ至れり尽くせりである。むしろ老人扱いは嬉しくない。

晴々した気分でないが、新入り出席者十三名の代表として月並みの挨拶をする。また、新入りは祝儀を包むらしく同級生の中には納得出来ない人もいるが習わしなら仕方ない。ともかく、敬老の日は長年続いている地区主催の敬老会である。その後四年間、半ば義務的に出席する。二〇一四年は会も早めに始まり、地区内の七十歳以上一九九名中一〇八名が参加する。悦子の介護が気になり会の雰囲気に浸れない。訪問看護師とヘルパーで一時まで繋いでくれるが早めに帰宅する。

敬老会を欠席する

二〇一五年の敬老会前日の日曜日は彼岸の入り、畑で育った彼岸花を持ってお墓掃除に行く。台風の影響で大きな木が倒れ片付けに苦労する。また、孫の中学校運動会で二時半より起きて巻き寿司を作る。

今年の敬老会は事前に欠席することを伝えていた。支援者に悦子の介護を依頼してまで出るほどでもない。支援者のいない時間帯も介護に専念出来る。

我が家でお接待

四月二十一日は弘法大師の石像をまつり、参拝者に菓子やジュースを振舞う国東地方の行事である。地区内を順番に回って座元を担当する。二〇一四年は我が家の当番である。前日はあいにく日曜日、支援は訪看のみでヘルパーは来ない。悦子の介護で準備は出来ず、部屋の掃除や菓子などの買い物は嫁が行ってくれる。

当日、母屋の廊下に祭壇を作って二体の弘法大師石像を借り受け祭る。頂いた清酒と朝作った巻き寿司を供え、脇に悦子が育てていた君子蘭を配する。当日の参拝者は天気も良かったせいか三百五十名ほどであった。嫁は休みを取って地区の人の賄いをする。悦子の介護はキャンナスが看る。

悦子一人にして地区の初盆参り

お盆を迎えるころは何かと忙しい。お墓掃除と神仏檀と座敷・仏間の拭き掃除は暑いので汗びっしょりである。十三日夕方はお墓に仏様を迎えに行き、地区内の新仏にお参りするのが習わしである。十五日は永明寺和尚の棚経、翌日は私がお寺に出向いてお参り後、御布施を差し上げてお盆行事は終わる。

二〇一六年は地区の新仏は三軒で近隣地区の七名でお参りすることになった。午後五時集合で支援者依頼は難しい時間帯である。子ども達もいない。苦肉の策で、吸引を丁寧に済ませ悦子を一人にして出かけることにする。今までも畑作業中の短時間はある、もしも回路が外れたりしたら命に係わる。心配しながらも帰宅して何事もなくて安心する。

コロナの影響

入院中に面会出来ない連絡

二〇二〇年二月二十六日、胃ろうボタン交換で西別府病院に入院する。経費節約で軽の介護タクシーで看護師が付き添い病院へ、入院患者が多くて東五病棟の奥の部屋を割り当てられる。昼過ぎ病院を出て税務署に確定申告を提出、「はるかぜ医院」で訪問看護師を降ろし二時半ごろ帰宅する。翌日いつものように病院に行き悦子の世話をして帰宅する。

夕方、西別府病院より電話がある。

「明日よりコロナの影響で面会出来ない。洗濯物などは玄関で看護師が受け取りに行くので到着後に知らせて欲しい」

と連絡がある。悦子は面会出来ないことを理解しているだろうか。

翌日、病院へ電話を入れて、

「私の都合でなく、コロナで病室へ出入り出来なくなったことを妻に伝えて欲しい」

と念を押す。病院に顔を出さないと、悦子は事故など余計に心配をするからだ。

病院に行かないと不安である。吸引は出来ても、カニューレを強く引っ張っていないか。胃ろうから漏れて下着を汚していないか。次から次へ気になるが仕方ない。幸いにも、明後日が退院なので、

「我慢するしかない」

と自分に言い聞かせ、午前中は整骨院と「はるかぜ医院」の診察に行くことにする。

ＡＬＳ患者は面会時間いっぱいに家族が付き添って、身の回りや吸引に関わっている人が多い。退院まで一日とは言え、自分で意思表示出来ない状況で不安が募る。案の定、退院の日は汚れた下着を受け取った。術後の胃ろうから栄養が漏れて周辺部が赤くただれている。

悦子の初めての入院はＡＬＳ患者の病棟で技術の高い看護師がいた。看護師長は看護師に、

「分からない事はあの人に聞いて」

と言う場面をよく目にした。ところが、二〇一五年の指定難病追加で前述の看護師はいなくなったようで入院病棟も以前とは異なり、家族が期待する看護は出来かねる。また、

病室の湿度が三〇%を切り吸引が出来にくい状況で、加湿をお願いしたら管理課が設定変更を許さない。ALSの知識の高い看護師がいればと残念な思いをした。

もっと詳しく書けば、入院患者は呼吸器に一人ひとり加湿器を装着するので、あまり病室の湿度は影響されにくいと思うが、悦子は短期入院で自宅と同じ人工鼻を使っていたので湿度の影響をもろに受ける。

コロナ禍は家族の付き添いも出来ず、ALS患者にとっては大きなリスクを伴う。退院日は私の車で訪看を乗せて行き、病院より軽の介護タクシーで訪看一人が付き添い帰宅する。介護タクシーがかなり揺れたそうだ。コロナの影響でこれが最後の入院となる。

コロナワクチン予防接種

悦子は二〇二〇年まではインフルエンザ予防接種をしていたが、副作用が強く以後予防接種は控えている。体調からかかりつけ医の判断で、看護・介護者の予防を徹底してコロナワクチン接種は止める。コロナ禍では訪問看護師やヘルパーの定期的予防接種は言うに及ばず、私も医院の配慮で優先的に接種を済ませる対応をとった。

行事の縮小や中止と在宅療養対策

例年の春は永明寺の大法要と櫛来社の祭典が行われる。寺組頭より大法要は中止と連絡、祭典は本殿祭の神事だけで「神輿やカヤの輪潜り」はないと回覧板が来る。全国的な傾向で仕方ないと思う。

在宅療養後は入室前の手洗いとウエルパス消毒は続けていたが、我が家もコロナ禍の影響を受ける。消毒液の入荷が困難な状況で、手洗い場所に置いていたウエルパスを撤去して石鹸で丁寧に手洗いすることを徹底する。以後消毒液は吸引セットの一カ所となる。また、四月より部屋の「ドアノブ消毒」をヘルパーが担当して実施する。

同月の朝刊で隣接市にコロナ感染者が出た報道があり、「はるかぜ医院」の訪看と相談して次の対応を決める。

㈠　入室と吸引前は必ず手を丁寧に洗う。タオルはその都度洗濯した手拭き用を使い再利用しない。手洗いは通常洗面台を使うが、玄関からの来客に備えて台所にも手拭き用タオルを準備する。

㈡　ドアノブの消毒を継続する。消毒綿は吸引時使用したアルコール綿を使う。

㈢　部屋の換気を午前と午後行う。午前は掃除中に窓を開放して換気扇を入れる。

ケアマネから私にもマスク着用を勧められるが、

「メガネが曇り二十四時間は耐え難い」

支援者以外に、人と接するのは買い物ぐらいであると許しを請う。

支援者の自主待機

訪看やヘルパーは悦子だけでなく、多くの介護者へ訪問する。患者よりも家族の帰省や見舞った知人との接触で、訪問を交代や控えたりした配慮が見られた。

自宅で胃ろうボタン交換手術

前回の入院で家族の面会中止を伝えられてから、私は訪問看護師に次の胃ろうボタン交換について相談していた。

「悦子が意思表示出来ない状況下では入院に不安がある」

入院中は私が本人に代わり要望を伝え対処したが、それでも在宅看護にはほど遠い。しかも、妻は八十三歳を迎え介護タクシーで一時間半の病院は体力的に負担が大きい。

「はるかぜ医院」の坪井先生が市民病院へ連絡・調整して、二〇二〇年八月末に古賀正義先生が事前検診に見えられる。「はるかぜ医院」の坪井先生も同席され自宅で交換をすることを決める。

一週間後の九月三日の交換日、台風九号の影響も少なく安心する。訪看を通じて当日の朝食は中止、薬だけ服用の指示を受ける。市民病院の医師に訪看の二人が付き添い、スムーズに胃ろうボタン交換を終える。「はるかぜ医院」と「ひなた」の訪看も見守り、交換後の措置について説明を受ける。

悦子も介護タクシーに乗って入院するより格段の違いである。交換後「はるかぜ医院」の訪看が手慣れた措置で白湯と栄養を摂取する。手術の負担は格段に少ないが、当日の車椅子移乗は休みとした。

同日は市役所福祉課の方二名が見えられ、悦子の病状等の聞き取り調査があった。

コロナの影響で市民病院の訪問診療は前述したが、次の胃ろうボタン交換で予定日の一週間前にサイズなどの予診に市民病院から先生が見えられる。前と同じく坪井先生も同席して、妻の病状について話し合われる。今回は精密検査もしたいので、市民病院で胃ろうボタン交換をすることになる。

二〇二一年三月三日、介護タクシーで正午に訪看付き添いで出発。病院で血液検査やCTを済ませて、胃ろうボタン交換後に皮膚科の先生より足の治療方法を訪看が教わる。あと、古賀先生より診断結果について説明を受け無事に終わる。

偶然にも元同僚の保健師と三十数年ぶりにお会いする。訪問看護師として市民病院で働いている。その訪問看護の責任者は当時の教え子で保健師も在職中で時間の経過に浸る。

同年九月初旬、前回は市民病院の検診時に交換したので、自宅での交換は二度目である。当日は入浴日で予定通り済ませて昼食は中止、市民病院の付き添い看護師と「はるかぜ医院」訪看の補佐で午後二時過ぎ無事終わる。「ひなた」の訪看二人も様子を見る。あと、足と膝の傷の状態を診る。

翌々日の「はるかぜ医院」の訪問診療日に市民病院の診察結果を受けて、栄養摂取と足の治療の共通対応を諮る。

以後、半年ごとの胃ろうボタン交換は市民病院の古賀先生に訪問診療で手術をして頂いている。

IX 「ありがとう」葬儀と心労

闘ったが静かに眠る

二〇二二年十一月の当日、自分はコロナウイルスワクチン五回目の予防接種日で、「はるかぜ医院」で済ませて帰宅する。家ではフォローアップ研修と東部保健所国東保健部の保健師も加わり担当者研修会が行われていた。

心電図・血液検査

時を同じく訪問看護師が悦子の心拍数が低下していることに気付き、心電図・血液検査結果を坪井先生に報告して指示を待つ。

先生が午後往診に見えられ再検査、病状の緊迫で「入院」の方法もあると詳しく状況の説明を受ける。十五年前の在宅介護決断から、いよいよこの日が来たのかと無念さがよぎる。悦子の負担を考え、加えて看護師は医師と連携して病状を把握しており、そして何よ

りも本人が望んでいることで思いを代弁して坪井先生に、

「自宅で出来る最善の治療をお願いします」

と即答する。状況から、

「今夜にも……」

「家族と近親者には知らせた方が良い」

と先生から言われ、動転しながら連絡をする。夜より薬は止めて心拍数が上昇すれば投薬する指示が出た。右手は冷たい。

翌日は右手が温かくなるも、パルスオキシメーターの測定は出来ない状態が続く。血尿が続き日曜日にもかかわらず訪看が検査の尿をとって、止血剤の点滴等を始める。

かつて、新聞で病気治療のため「血液をサラサラにする薬」を飲んでいる人はひとたび出血すると血が止まりにくい、高齢者は注意が必要と記されているのを読んだことがある。治療に「抗血栓薬」を使う病気で近年増えているのが「心房細動」とあり、できるだけ減薬をと書かれている。悦子はALSの認定前から、心臓カテーテル検査で「心房細動」を疑われ、その時から「血液をサラサラにする薬」を飲用している。新聞を読んで、今回のことは素人目にも、最近の便や尿の色から記事に該当する気がする。一昨日早朝の大量の下痢が引き金になったのだろうか。

状態落ち着き入浴する

同月下旬、悦子は心拍数不規則も比較的落ち着いたようで、坪井先生に相談して入浴する。入浴終了まで訪看が付き添い湯舟につかるのを短くして、スタッフに髪も洗ってもらい気持ちよさそうな表情に皆で喜んだ。

以後、抗生物質の投薬や本人の負担を考え、車椅子に乗せていたのを止める。

血液・胃液検査

十二月八日金曜日、胃ろう漏れ対応などで坪井先生が往診して血液と胃液を採取して持ち帰る。出血の原因はいろいろ考えられるが、二〇一九年新別府病院入院検査で胆のう癌の疑いがあるも、進行が遅いので見守ることにした経緯がある。また、三年前に市民病院で検査した際も尿道腫瘍の疑いがあり、断定は難しいがヘモグロビン現象が今の状況であると説明を受ける。

翌日より薬の摂取が大きく変更になるも、悦子の体調の変化に合わせその都度訪看が薬局から持って見える。

翌週の水曜日、ヘルパーが居る九時過ぎ再び体調悪化する。今朝七時ごろ大量の水様便が出たのが切っ掛けなのか、訪看が連絡して坪井先生が往診に見える。悦子の病状について長男も知っておいた方がと、呼び寄せて坪井先生が説明する。午後、嫁と孫三人が来る。不思議にも孫たちが声をかけると、脈をとっていたキャンナスが、

「脈の打ち方が強くなる」

という。次男がラインで話しかけた時も同じ症状である。なんだか信じがたい出来事である。キャンナスが一晩中悦子に付き添う。

二日前の往診日がカニューレ交換予定日だったが、悦子の負担を考え中止していた。しかし、吸引が引きづらくなりお願いする。今日から栄養も半減して摂取、薬も一部再開するようになる。悪い中にも少しの明かりが見えるようだ。悦子が懸命に病気と闘っているのを実感する。

血圧測定が出来ず心拍数減少

十二月十九日朝、妻の状態は「表情で伝える力」はないが比較的安定している。状況を訪看へ伝え、道路側面に雪があり無理して来なくて良いと電話する。

午後小雪が舞う中、訪看二人が見える。当日の入浴は医師と相談してお断りしていた。訪看二人はいつものカニューレと胃ろうケア、そして足の治療を済ませる。室温はエアコンだけでは寒そうなのでストーブを持ち込んで暖かくして清拭する。下着とシーツ交換を

済ませたころ容態が急変する。手足が冷たく「冷や汗」をかく。午前中に大量の下痢で、前回の症状が横切った。

訪看の連絡で坪井先生が見えて心電図や血液検査をする。前回と大きく違わず、強いてあげれば血色素量の値も悪くはない。栄養・薬は中止して見守ることにする。

夕方訪看と長男が来る。いつもより早くキャンナスも見えて、悦子は目を開き何かを訴えている表情が度々見て取れる。手足が冷たく、血圧やパルスオキシメーターの測定は出来ず触診が頼りである。

キャンナスは一晩中、冷や汗をガーゼハンカチで拭きとる。ハンカチが濡れると洗濯、部屋干しのあとアイロンかけを繰り返す。朝方、若干汗は少なくなるも温かみは改善しない。悦子の様子見に立ち寄った訪看に昨夜からの状態を説明してから帰られる。


手足の冷たさは続き体幹・頭部の熱さは顕著

二十日は少し改善されたが昨日と大きな変化はない。訪看に昨夜の状況を説明する。今日よりＯＳＩを一日一本摂取する連絡がある。

火曜日はリハビリの日であるが、状況から訪問看護師が対応する。夕方定刻にキャンナスが見えて、自分は仮眠する。深夜〇時半、悦子に熱が出ていることを知らされ、看護を交替する。四時ごろキャンナスが再度見えて、悦子の状態を訪看へ連絡する。状況から解熱剤使用を任される。再度熱を測り三七度九分、悦子の負担を考えて解熱剤は使わずタオルで冷やすことにする。

翌日は病状が出て一週間、「はるかぜ医院」の訪問診療が予定されている日である。診察では前と大きな変化はない。胃ろう漏れについて、胃の形状・位置でベッドを起こす角度や体位について説明を受ける。

帰り際、医師より悦子は無論のこと、看病で体を壊さないよう労いの言葉をかけられる。

心臓は精一杯闘っている

もともと悦子は心房細動の診断を受けており、脈が不規則な状況にある。ここ数日は前述のように計測できず触診する。往診の翌日看護師から悦子の状態が予測できない状況下にあることを知らされる。子どもにメールで知らせ、悦子のそばで出来る準備の作業にかかる。

「いよいよ、この日が近づいたのか」

と冷静さを装うように意識する。長男は勤務を終えて来るが、悦子の表情は前と変わらず切迫感は持たなかったようだ。夕方ヘルパーと看護師が帰ったあとの夜が不安になる。

夜はいつもキャンナスが来るが、雪で動きがとれなくなるかもと心配する。

幸いにも風は強いが降雪はない。予定通り午後七時にキャンナスが見える。自分が仮眠したあと、帰宅を促すが悦子のそばに居る。明け方小雪が舞い車の上にうっすら積もる。午前五時過ぎ、追い返すように帰ってもらった。

キャンナスの触診では首の動脈拍五十、聴診器をあてた心臓近くは七十で弱いが、

「精いっぱい生きる闘いを続けている」

「予断は許せないが手足は冷たいけれど顔色は変わらない」

「目を開いて話しかけているようだ」

と口にする。悦子が目を長く開いていると乾燥するので、

「お休みなさい」

と瞼を手でそっと閉じるようにしている。

楽にさせてあげたい気持ちはあるが、悦子が苦痛でなく負担の少ない状態なら一日・一時間でも長く生きて欲しい。

今日も命を繋ぐ

朝刊が配達されるころには庭は真っ白に雪に覆われている。部屋に長男やヘルパーが来

たころはかなり積もった。訪看もいつもより早く見える、ご主人に車で送ってもらったとのこと。雪道の装備をしてないと走行は厳しい状況である。

悦子の状態に大きな違いは見られない。訪看が予定通りOSIを摂取するも胃ろうからの漏れがある。何かあったら連絡するよう言われ帰られる。

悦子の足は冷たい状態で、首の動脈で脈拍を見ようとするが読み取れない。呼吸器の音だけがする。手足を除いて身体は温かいが不安で訪看に電話をする。

「今から行きます」

の返事を聞いて、長男に連絡する。悦子に、

「よく頑張ったね」

「ありがとう」

「おやすみ」

と声をかけるが涙声になってしまう。

訪看二人が見えて、

「動脈は動いています」

と指を添えて教えてくれる。悦子は苦しいかもしれないが、命が繋がることにほっとする。

クリスマスイブのひととき

嫁と末の孫が弁当とケーキをもって来る。自分は朝方よりヘルパーから食事を勧められても、食欲がなくお茶を飲む程度だった。二人が来たことで嬉しかったのか、張り詰めた状況から少し和らいだ気がする。ケーキをその場にいる支援者と食べて美味しかった。

食欲が出て、ヘルパーから頂いた「手焼きのパンと干し柿」の中から、柔らかそうな干し柿を食べる。その日のうちに三つも食べ胸のむかつきも感じない。

自分の体調は悦子の病状や周りの温かさに影響するのかと感じる。嫁は支援者の方に、「悦子からのクリスマスプレゼント」

として、小袋に入れたケーキ菓子を置いて帰る。ヘルパーや看護師は悦子に、

「ありがとう」

と声をかける。反応はないが何か言っているように感じる。

悦子のそばに長椅子を寄せて仮眠

キャンナスが毎夜来てくれる。昨日は降雪の影響もあり朝の七時に帰られる。雪の影響下にもかかわらず訪看とヘルパーも予定通り見える。

悦子の状態は昨日と同じで、脈拍は不規則で手足は冷感、体幹の熱感を繰り返す。自分

は回復に期待するが、栄養・薬を止めＯＳＩ少量の摂取では望めない。

夕方キャンナスが来て、

「良いとき悪いときを繰り返している」

と言う。悦子の負担のないようＯＳＩを百五十mlほど胃ろうの漏れに注意して摂取する。

深夜〇時前キャンナスが帰った後、ベッドのそばに長椅子を寄せて仮眠する。

「どのような結末を迎えるのか」

と思うと中々眠れない。

糖分の追加摂取始める

十二月最終週の月曜日を迎える、悦子の体調に大きな変化ない。昨日の夕方からＯＳＩにブドウ糖を加えて摂取している。早朝五時キャンナスが見えて悦子を診る。手足の冷感もなく脈拍の強さも落ち着いている。脈拍八十七、触診血圧六十六、酸素九十九。

「人工呼吸器のせいかも？」

と話す。

状態落ち着き一安心後の胃ろう漏れ

年の瀬も押し迫った水曜日は定例の訪問診療日で、カニューレ交換日である。訪問日を含めて週二回は「ひなた」の訪問看護師が当たっていたが、今回の発症で坪井先生の指示や状況が速やかに報告出来る「はるかぜ医院」の訪問看護師と交代する。従って、訪問診療に付き添ってきた看護師一人で事前の準備や手当ては出来ていなかった。

診察も終わり、予測できない状態だが大きな変化はないと受け止め気分が少し明るくなる。夕方自分の食欲も少し出てきたので、ヘルパーや訪看が見えてから夕飯の準備をする。

二人の様子が慌ただしく、訪看が電話をしている。昼に摂取したのが胃ろうから漏れ下着を濡らしている。着替えの応援要請の電話だった。

胃ろうの漏れは最近続いているが今回ほどはめずらしい。おそらく消化されていないようで、夕方の摂取は休むことにする。夜、三七度六分の発熱も朝方少し下がる。

大晦日を迎える

心拍数低下の異状から一カ月以上が経った。緊迫状況が続き時間の経過の実感がない。その間、吸引量も少なくなり気道内圧が上昇傾向にある。前々日はＯＳＩとブドウ糖を摂取したが消化吸収されず、一昨日より薬を含め全て中止している。

例年ならお墓掃除に行き、神仏に榊・仏柴とお餅を供え新年を迎える準備をしたが、介護で時間もなく行く気分にもなれない。せめても部屋に蠟梅と南天を活ける。悦子に、

「あなたが植えた蠟梅だよ」

とベッド脇の花台に置く、せめてもの正月準備だった。夕方もヘルパー・訪看・キャンナスが見え、なんら日常と変わらない。テレビもつけていないので、大晦日の実感はなく悦子のそばに長椅子を寄せ仮眠する。

新年の新聞と年賀状

いつもと同じ早朝に、枚数の多い新聞が配達される。新聞が来ると先ず一読、あと一枚と二枚に分けてオムツ処理用に再利用するのが常だった。新聞紙が不足してヘルパーが持って来てくれたこともあった。しかし、今の悦子の状態から多くは要らない。


悦子は友達からの年賀状をファイルに綴じている。ＡＬＳ発症後は枚数も減少した。友達からの年賀状を読み聞かせる。

「体調はどうですか。コロナが早く収束して欲しいですね。年々老化も感じる日々ですが、悦子さんに会いたいです」

悦子の反応はないが「声が届いている」と信じている。

闘ったが力つき静かに眠る

一月一日午後八時の伝言ノートに、

「下腹大腿部にかけてレイノー現象様、血管暗紫色網目状に淡く残る」

翌日の午後二時には、

「右頸部蝕知弱く感じる」

と最後の記録がされている。

午後、ヘルパーと訪問看護師が交替して間もなく容態が急変、訪看が坪井先生やキャンナス・同僚へ連絡して駆けつけてくれる。

心電図にも静止のラインが続き、悦子の死を疑う余地はなかった。十一月下旬の危機的状況から三十九日目である。

「お父さんを置いて行けなかったから、頑張ったのね」

「持てる力を振り絞っている」

「頑張らないで良いのよ」

の呼びかけがめぐる。

かかりつけ医の坪井先生は別府市へお墓参りに出かけておられ、夕方見えられて悦子の死亡が確認された。先生は、

「悦子さんは午後七時に亡くなられました」

と私と周囲の人に涙声で告げられた。

看護師が悦子の身支度をしている間、自宅療養十五年間のスナップ写真をパソコンのプレビュー画面に映し出して元気な時の在宅介護を振り返る。

民間支援組織が不十分な過疎地で、看護から「看取り」までこんなに充実した療養生活を送れたのも「はるかぜ医院」・キャンナスをはじめ多くの支援者のお蔭です。

「ありがとうございました」

と感謝の気持ちを伝える。

心こもった質素な葬儀

葬儀の準備と心労

十一月下旬に内出血兆候と心拍数低下の緊迫状況から一週間以上経過する。悦子が、

「病気と闘っている」

姿に一喜一憂しながらも、日に日に体力をなくしていくことに自分の無力さや介護の張り詰めが消えていくようだ。

以前、自分の葬儀を含め子ども達に希望は伝えていた。介護で精一杯だったので、後の事など考える余裕はなかったが、このままでは前に進めない。

二日の夜、死亡診断が出て間もなく葬儀社へ連絡、葬儀と日程について希望を伝える。

㈠　日程については火葬の関係もあるので僧侶と相談して決める。

㈡　葬儀は自宅で親族だけで質素に執り行う。

㈢　供花・香典は辞退する。

㈣　コロナの関係で会食はせず、御膳代を渡す。

大まかな打合せだったが自分の希望を伝える。祖父母の代から葬儀は自宅で執り行うのが習わしであった。父母の葬儀と異なる点は、現職で少々の経済的負担は考えなかった。もともと、自分は経済的観念が薄く悦子を困らせてきた。十五年間の介護の経済的負担は大きく、年金は比較的恵まれているが蓄えなどない。また次男の突然の病気で経済的余力などない。葬儀費用が気になる。

父母のときは供花・香典も社会的貢献度と甘んじて受けていた。しかし、今回は悦子の介護に力を尽くし、供花・香典のお返しなど考える余裕など残っていない。香典辞退にも、

地域の風習もあろうがこの時に私を、

「煩わしさから解放して欲しい」

ただそれだけで深い意味はない。

「供花だけでも」

と話もあったが、悦子の介護十五年間は前述のように部屋に花を飾らなかった日は少なかった。生前に十分花に囲まれた日々を過ごし後悔はない。目を閉じた今の悦子には花は見えない。

コロナ感染防止で葬儀後の会食はしないのが最近の習わしである。幸いにも食膳を手配することなく悦子のそばに長く居られる。

戒名「寶泉院正雲光悦大姉」

お寺の宗派は臨済宗で妙心寺派の「永明寺」である。年少のころ母から武士に信仰された宗派の話を聞いたことがある。悦子は鹿児島出身で信仰心が厚い。郷帰りに同伴したとき家に上がる前にお墓へお参りする。最初はいささか戸惑ったが、お墓は奇麗で屋根造りの墓も多く、何よりも供えた花が生き生きしている。鹿児島県は生花の消費全国一、二を争うと聞いているが納得する。

母の葬儀の時、鹿児島から前日に兄姉妹が遠路来られ労う挨拶を済ませた。後日、悦子から、

「兄から凄く怒られた」

と言う。お墓にお参りに行ったら、

「掃除もしてない」

と、葬儀準備でそれどころでなかったのが実情である。家に着く前にお墓に行ったのだ。同じ九州でも風習の違いが大きい。鹿児島では墓石を水で洗い磨くが、自分は自然と調和した「苔むした墓」や「少しの落ち葉」はあった方が良いと考えてきた。雑談的に書いたが、先祖を大事にすることは学ぶべきと思う。

二〇〇四年十月に悦子は妙心寺派管長御親化授戒会で九州東教区西白寺に参加したことは知っていた。そこで生前戒名の二字を貰っていることも話していた。

家の片付けは妻に任せ切りで、どこに授戒会の書類を保存しているか不明である。病状悪化で本人と詳しい意思疎通が出来ず、再々探すが見つからず日々が過ぎていた。

湯灌前日の深夜次男と、もう一度探してみようと仏壇の下戸棚から収納箱を全て出し、悦子が寝ている隣に広げ一つ一つ点検した。諦めかけた時に「授戒会」の参加資料を見付ける。

戒名の「光悦」と参加資料・物品や領収書が袋の中にあった。まさに危機一髪、納棺前日の出来事である。

永明寺住職は二〇二〇年七月に逝去され、寺附法類の法釋寺の住職が代行している。翌日、代行和尚が枕経・通夜に見えたとき「授戒会」のことを説明して参加資料の扱いについて指示を受ける。

我が家では鹿児島ほどではないが、「永明寺」とのお付き合いは先祖代々大切にしてきたつもりである。境内の記念碑揮毫、父母の一周忌法要ではそれぞれ「御衣」を寄進、二〇〇八年より四年間寺総代を務め、その間春季大法要で檀家の卒塔婆を書いたこと、今ではお盆の棚経お布施をその場でお渡しするのが一般的になっているが、住職在住中は「お盆の十六日」に寺にお参りしてお渡しした。住職亡き後ではこれ等のことを知る由もない。

住職逝去後の九月の寺の臨時総会は介護で欠席したが、身附法類が作成した資料に「祠堂規定」として、葬儀御布施二十万円以上、院号料三十万円以上等々書かれていた。そもそも戒名をお金で買うなどもっての外である。悦子の戒名については、前述の話をして代行和尚にお任せする。

葬儀の日に位牌を見て、これまでのお寺さんとの間柄と悦子の信仰心を理解されたのだと思った。今回のことで自分の記録を残すことは無論のこと、死後のことを考えれば「どこに置いているか」を伝え書き留めることをお勧めしたい。

湯灌

葬儀費用を気にしているのは訪問看護師も周知のとおりである。悦子は医師の死亡確認後、訪問看護師によってきれいに清拭、身支度をしてくれているので湯灌は止めて良いと考えていた。しかし、訪問看護師からも専門の湯灌を勧められた。費用は四万円ほど、女性で死化粧も専門の湯灌納棺師がすれば良い旅支度が出来ると思いお願いすることにした。

初めて見る湯灌で仏間に浴槽を運び入れる。身体は勿論髪もきれいに洗って、傷口は包帯を巻いてくれる。湯灌師二人は若い女性で所作がきれいである。かつて、テレビで『おくりびと』を見たが、全く同じだ。どこで学んだのか、専門学校があるのだろうかと考える。

湯灌納棺師に選んでもらった訪問着を着せるとき、仏前の逆さ屏風を見て、「死後は逆なのですね」と言うと、着物も「逆さ着せ」をしますと説明してくれる。入浴の湯水も逆さ水らしい。

一番驚いたのは「死化粧」である。口の大きさや目元・顔色等、

「普段のお顔に近いですか」

と生前の写真を見て修正する。作業の核心部分は見せないが専門の技術に間違いない。納棺は湯灌後に家族・親族に順序を説明して共に作業してくれる。訪問着の胸元に納棺用の戒名と「授戒会」で授かった「光悦」を代行和尚の指示で納める。そして最後に「授戒会」で戴いた遍路用の「袖なし白衣」を着せる。始めてから約二時間後に全てが終わり礼儀正しくお帰りになる。これくらいの仕事費用としては安いと感嘆する。訪問看護師の話に従って良かった。

葬儀の経費

前に書いたように十五年間の介護と子どもの病気等で蓄えなどない。むしろ、月々の支払いが滞っている状況だ。経費節約で、葬儀社への支払いを最小限に留めたい。祭壇や花輪が並んだ葬祭場とは異なるが、心のこもった質素な儀式を心掛けた。掲示物・礼状は事前に自筆で準備する。慌ただしいので前日に「神棚封じ」を済ませていた。祭壇は仏壇の前が比較的広々としているので、「さらし」をミシンで縫い合わせて敷いた。生花は当初は四十本を考えていたが一本五百円とかで、白菊二十本だけ葬儀社に準備してもらった。日ごろ使っている大きめの花瓶に十本ずつ挿して祭壇の両脇に供える。奥の花瓶には悦子が植えた蠟梅と南天、脇に「シキミ」（国東地方ではコウシバと呼称する）を配置する。中央にラスベガスで撮った笑顔の写真をパソコンで拡大した遺影と戒名塔婆を置き、果物・菓子も盆に盛って小さな手作りの祭壇を孫たち家族で準備した。

葬祭場なら家族は何もせずに祭壇・花輪を見られるが、質素でも家族で準備したことで心が通じるように思いたい。

葬儀・初七日が終わる

経費の節約を図ったが、多くが基本費用としてセットされていたのだ。後で気が付いたが、仏檀前には小机があるのに「枕飾りセット」の白木机と共に線香やロウソクを置いている。悦子はいつもお参り用品は仏前に備えており、うずまき線香もある。とかく葬儀社が持って来たものには不要品が多い。

通夜を含め、式は質素に行いたいのできらびやかな掛布、模造品の「守り刀」等は葬儀社に前述の不要品と共に持ち帰ってもらったが諸費用の中に入っていた。

あと、葬儀社から各種団体や国会議員・県議会議員の「弔辞・弔意・お悔み・挨拶状」を渡される。死亡届を出すと機械的に出されていると説明する。介護で精一杯の直後、「心温まる質素な葬儀を心掛けている」

「煩わしさから逃れたい」

お断りしようと考えたが角が立つので他の書類と受け取った。なかには、

「弔電披露の時にお読み下さい」

と添え書きされている。かつて、葬儀に参列したとき思ったが、形式的な弔電披露では遺族の心は癒やされない。弔意を発した本人も知らない機械的な「お悔み」文など止めてはどうだろうか。

葬儀を済ませた夜、家族で支払い方法について相談したが結論は出なかった。翌日、長男が葬儀社に支払いを済ませていた。おそらく、葬祭場で行えば三倍以上の経費が掛かっただろう。未だ、導師へのお布施が残っている。お参りに行こうとしたが、所用で外出しているので後日にすることにした。

翌日、悦子のところへ線香を上げに行くと、「お母さんへ」と分厚い封筒が置かれている。嫁の名前が書かれており、お母さんへいつか恩返しがしたかったと涙声で言う。生前に悦子が嫁に「役立てて」と渡したお金のようである。悦子と嫁の思いに感動する。

後日、永明寺の本堂で代行和尚からお経を上げて頂き、心ばかりのお布施を差し上げる。これで悦子の葬儀が終わった。

「ありがとう」

あとがき

妻の葬儀を済ませたあと、悦子の位牌などは母屋の仏間から離れの介護した部屋に持って来た。私が一人でさみしい、また朝夕お参りしたいからだ。先祖と同じ仏壇でないので若干の抵抗を感じたが、許してくれると思った。

従って、初七日から七日ごとの法要では位牌などを仏間へもどす作業をする。部屋の掃除やお供えの準備、特に霊供膳はご飯・味噌汁・煮込みものなど早朝から準備を始める。

霊供膳は悦子が父母の法事の際に買った物で、箱には法事の来客数や料理の内容まで悦子のメモ書きを見る。準備の途中、

「これあなたが使うことになったね」

とひとり言を言って、涙ぐむ。

妻の四十九日法要を済ませた後も、私の日常は執筆だけで他の仕事は手を付ける心境になれない。庭に出れば草が目に付き、田畑も全く同じ状況でただ眺めるだけである。

例年のように市農業公社から田の荒起こしの連絡があり、お願いしたが数日後に気付く状況である。庭に出て草を引けば、ありし日の妻の姿を思い出す。部屋においても同じで

ある。伴侶を亡くした人は同じ思いであろう、耐えなければと自問する。

思い直せば、悦子は数度の幸運に恵まれた。

第一の幸運は、病気の原因が不明で精神科病院の紹介状を渡され、妻がかたくなに拒んだことだ。紹介に従っていれば人工呼吸器との出会いは無かっただろう。

第二の幸運は、病院が歳の暮れで入院患者を極力少なくしていた。悦子は微熱でも退院を勧められ帰宅して三日後である。熱が続いて、かかりつけ医の坪井先生付き添いで再入院を願い出るも、退院したばかりで即座に許されない。診察中にも水を欲しがる異常動作で、意識障害だけでなく肺炎症状と診断され再入院が許され安堵する。この緊迫感は十五年経過したのちも脳裏に焼き付いている。年末年始に自宅で発熱患者を看ることなど出来ない。

第三の幸運は、ＡＬＳの疑いと診断され、専門の西別府病院へ転院を紹介される。しかし、ベッドが空かず十日間が経過、転院の午後容態が急変して人工呼吸器を緊急に装着した。一日でも遅れていたら命の保証はなかった。

ところで、本書を読まれて、在宅介護で家族の支援が少ないと感じた方もいると思う。基本的に私も妻も子どもには負担をかけたくないと考えていた。

人工呼吸器装着を拒む最大の理由は、家族に介護負担をかけたくないと患者の七割が装着せず亡くなっている。装着で「本人の意思確認」を問うのは過酷と思う。だれ一人、「死にたい人間なんていない」。

ALS患者で人工呼吸器を考える段階に来た人は、装着しなければ死を意味するのである。

悦子が最初の入院で付き添いのとき、長男が交替したのも私が頼んだのでなく、強引にさせられたのが正しい。家族には介護三年目まで出張のとき、夜間に悦子のそばで看てもらったが、その後は寺や神社の役職も退き、介護に専念できるようになり少なくなる。ただ、子どもが近くに居ることは安心できた。

ALSの症状は運動機能障害による筋力低下で進行性と言われている。患者には残された機能を生かし、筋力の低下を遅らせる対症療法しかない。

医学に頼ることは当然でALSの再生医療や治療薬開発に期待をしている。東北大のラットの脊髄、京大のiPS細胞の治療薬、岐阜薬科大のALS制御のたんぱく質、滋賀医科大のALS原因抗体で除去、慶應大のiPSから薬、東京医科歯科大の米国承認治療薬の輸入投与などの報道を見て、研究開発に尽力されている姿に頭が下がるが、今なお治療薬は出来ていない。必ず克服する日が来ることを信じてやまない。

この原稿を書き始めてから、東部保健所国東保健部や「はるかぜ医院」から資料を頂き、またキャンナスと京都在住の従妹からも、原稿を読んでいただき率直な声を聞き助けられた。これらの方々と、この原稿の出版にご尽力下さった東京図書出版の皆さんに厚くお礼を申し上げます。

荒木正嗣

二〇二三年十一月

荒木　正嗣（あらき　まさし）

1941年　大分県に生まれる
1965年　福岡大学経済学部卒業
1969年　同大学院経済学研究科修士課程修了、経済立地論専攻
大分県下の私立・公立高校勤務。1998年県立聾学校長、2000年県立安岐高校長歴任。

【著書】
『大分県風土記』（1988年、旺文社、共著）
『地理問題演習』（大学受験用、1990年、まさご印刷）

ALS十五年の介護日誌

2024年1月28日　初版第1刷発行

著　者　荒木正嗣
発行者　中田典昭
発行所　東京図書出版
発行発売　株式会社 リフレ出版
〒112-0001　東京都文京区白山 5-4-1-2F
電話 (03)6772-7906　FAX 0120-41-8080
印　刷　株式会社 ブレイン

© Masashi Araki
ISBN978-4-86641-715-8 C0095
Printed in Japan 2024
本書のコピー、スキャン、デジタル化等の無断複製は著作権法上での例外を除き禁じられています。本書を代行業者等の第三者に依頼してスキャンやデジタル化することは、たとえ個人や家庭内での利用であっても著作権法上認められておりません。

落丁・乱丁はお取替えいたします。
ご意見、ご感想をお寄せ下さい。